あそこはハナコの部屋

東郷結海
TOGO Yumi

文芸社文庫NEO

目次

あそこはハナコの部屋

沢村小華《さわむらこはな》さま

元気ですか。今、何をしていますか。
私はこの三月で、小華さんと同い年になります。
四月からは東京の大学へ進学します。

あなたは本当は知っていたんでしょう？　小華さん。
だから私のところに来てくれたんだものね。
教えてくれて、ありがとう。
私の命は、小華さんの命です。

山本葉奈《やまもとはな》

第一章　避難場所

それは十月の半《なか》ばの、少し肌《はだ》寒くなったお昼休みのこと。

十三歳、中学二年の山本葉奈は、いつもの自分の場所でくつろいでいた。毎時間授業が終わったら、そしてお昼休みは給食の片づけが終わってから、用事がない限り葉奈はだいたいここに来る。

特に何をするわけじゃない。ただなんとなく、水道の蛇口《じゃぐち》をひねってみる。手を伸ばして、冷たい水を触る。ぬれた手でおかっぱに切りそろえた髪をなでると、スーッと頭が冴《さ》える。五時間目の数学の授業のことを考えた。

葉奈が入ってきてから三分も経《た》たずに、すぐ横の引き戸がガラガラと開いた。一瞬、身体《からだ》をこわばらせたが、相手が北原和泉《きたはらいずみ》だとわかると、胸をなでおろした。和泉は「よ」と葉奈に軽く手を挙《あ》げてみせる。葉奈も軽く微笑《ほほえ》み返した。和泉は葉奈の隣まで来ると、目の前の鏡に向かい前髪を整え始めた。

ここは北関東の片田舎《かたいなか》の、とある町の中学校の一階の女子トイレ。

葉奈の学校は一学年が一クラスしかない小さな学校である。最近になって改修したばかりで、トイレだけは広くてきれい。ここのトイレは二年生しか使わない。葉奈の学年の女子は十二人だから、悠々《ゆうゆう》と入れる。

引き戸を開けると、一番奥までバリアフリーの床が続いている。個室が六個と、掃除《そうじ》用具入れがひとつ。それから一番奥には曇《くも》りガラスの横長の窓がひとつ。入り口近くには、陶器《とうき》の手洗い場がふたつ。鏡がふたつ。ここが葉奈が学校の中で一番落ち着く場所だった。

しかし、いくら新しいからと言っても、やはり学校のお便所。薄汚く陰気な雰囲気の場所である。常識《じょうしき》的に考えて、くつろぐための場所ではない。

そこは、葉奈にとっての避難場所だった。戸を閉めてしまえば外からはまったく見えない密室状態。男子や先生は入ってこられないし、個室に入れば一人になることができる。一時間に一度、ここに逃げ込むことで、葉奈は中学生活をなんとか送ることができていた。

授業中はまだいい。しかし、休み時間の教室は恐ろしい。葉奈はその恐ろしさから逃《のが》れるために女子トイレに駆け込む。別に毎時間トイレに行きたくなるわけではない。

葉奈にとって二年一組は、この世でもっとも居心地の悪い場所なのだ。

始業時間は八時十五分だが、そんなことは葉奈のクラスには関係ない。朝のホームルームで着席しているのは三分の二くらいの生徒で、残りの三分の一は一時間目終了後くらいからばらばらと登校してきたり、こなかったり。だから、朝の教室は静かでいい。

しかし午後近くになると、問題児たちが次々とやってくる。葉奈のクラスの不良グループで、リーダーの城ヶ崎《じょうがさき》は、学ランのボタンは全開で、中には派手《はで》なTシャツやパーカー、ズボンは腰まで下ろして相当みっともないかっこうをしている。小柄でちまちましているが、クラス内では権力が強く、みんなからは「ジョー」と呼ばれている。城ヶ崎の後ろには、身体が大きく強面《こわもて》な赤西《あかにし》と、痩《や》せた背の高い芝浦《しばうら》がいつも張り付いている。

中学一年の終わりごろから、城ヶ崎たち三人を中心にして、葉奈のクラスは次第《しだい》に荒れ始めた。城ヶ崎たちの近くには、独特の嫌な臭《にお》いがある。タバコの臭いと、香水や整髪料が混じりあった臭い。それは本当に気持ちが悪い。担任の佐伯《さえき》ヤス子《こ》は見て見ぬふり。完全に学級崩壊《ほうかい》と言える状態だった。

今日も昼休みになってから登校してきた城ヶ崎が、葉奈のすぐ前の机《つくえ》（赤西の席だ）にどかっと座り込んだ。あの嫌な臭いが葉奈の鼻先をかすめる。葉奈が思わず顔をしかめると、城ヶ崎の隣で壁に寄りかかっていた赤西がギッと鋭《するど》い視線でにらみつけてきた。葉奈はびくんとする。

「なんだよ、ハナコ。見てんじゃねえよ」

こうなるともう、葉奈はそろそろとトイレへ逃げていくしかない。

ガラガラガラッ。

勢いよく戸が開いて、桜井理緒《さくらいりお》が藤井奈々子《ふじいななこ》と荒川美穂子《あらかわみほこ》を従えてトイレに入ってきた。

「ちょっとー、マジムカつくんだけど！」

理緒が、不機嫌そうに怒鳴《どな》った。これは理緒の口癖《くちぐせ》。

理緒は両手いっぱいに化粧《けしょう》ポーチやアクセサリーを持ち、トイレの中をキョロキョロと見回している。奈々子も理緒の横にぴったりとくっついて同じように何かを探していた。美穂子は、鏡を見ながら色つきのリップを塗っている。

「どうしたの？」

と和泉。理緒はじろっと一度葉奈を見てから、言った。

「持ち物検査だって」

「マジで⁉」

和泉が興奮した声を出す。

「なんかー、ジョーたちがタバコやってるのばれたらしいよ」

奈々子が、口を尖《とが》らせて言った。

「そう。だから、やばいものここに隠すから」

理緒はそう言うと立ち上がって、陶器の洗面台の下にある物入れを開けた。そこには、掃除用の雑巾《ぞうきん》やバケツなどが入れられているが、まだ隙間《すきま》がある。

理緒と奈々子、そして美穂子は、持っていたものを放り込んだ。

「あたしもポーチ持ってきていい？」

和泉が聞いた。

「いいよ。そうしなよ」

と奈々子。

和泉は早足で出ていった。パタパタと和泉の走り去る音が聞こえる。

理緒はクラスの女子の中ではリーダー格で、色つきのリップやマスカラをして、制服のスカートを膝上《ひざうえ》まで短くしている。いつも一緒にいる奈々子と美穂子も同様のスタイルだ。

理緒はもう一度じとっと葉奈に視線をやった。

「ハナコは隠すものなんかないか。便所のハナコだもんね」

葉奈は、愛想笑いを浮かべた。せっかく避難場所に来たのに、今すぐここからも逃げ出してしまいたい。

「マジで？　持ち検やるの？」

戻ってきた和泉と一緒に、佐倉美望《さくらみも》が噂《うわさ》を聞いてやってきた。美望も理緒と同じくらいの膝上スカートで、キラキラしたラメのマニキュアや、派手な色のリップをごろごろとたくさん持っている子だった。いつもばっちりマスカラをきめ、薄ピンクのチークを目の下に入れていた。

「あたしも入れる。これちょっとどかすね」

美望は理緒の化粧ポーチを洗面台の下の物入れの奥へ乱暴に押し込み、自分のリップやマニキュアが入ったポーチ、それからアクセサリー類やワイヤレスイヤホンなどを次々と物入れの中に入れ始めた。

美望がその作業をしている途中、理緒はギロリと美望をにらむと、奈々子の手を引いて、乱暴に戸を開けて出ていった。急に機嫌が悪くなったようだ。美穂子がぱたぱたとその後ろを追いかけていく。

葉奈と美望、和泉は顔を見合わせた。廊下から理緒の叫《さけ》ぶ声が聞こえる。

「ハナコさー、マジメぶってじろじろ見てんじゃねーよ」

葉奈はまたびくんとした。美望たちの視線が一瞬だけ注《そそ》がれる。

「まあ、あいつよりはハナコの方がマシか。誰が一緒に入れていいって言ったよ」

そう言って、理緒は馬鹿にするように笑った。その声がだんだん遠ざかっていく。
「あいつ」、それは美望のこと。美望と理緒は中学に入ると、少しずつ仲が悪くなった。最近は特に、理緒は美望のことを嫌っている。

葉奈の目から見れば、理緒も美望もどちらもキラキラ光るお化粧道具をたくさん持っていて、同じようにうらやましいのだけど、美望は何というか、異常なほどにマイペースな性格で、そこが理緒は気に入らないようだ。理緒と美望は名字が「サクライ」と「サクラ」だから、出席番号もずっと前と後ろで、班などもしょっちゅう一緒になっているから大変だ。

でも、葉奈は、理緒の言う「あいつ」が誰だか知らないふりをする。他の二人も何も言わない。美望本人も、自分が理緒に嫌われていることに気づいているんだか、いないんだか。

「便所のハナコはババァと一緒に死ねってか」

遠くの方から、次は別の声が聞こえた。理緒ではない。これは男子の声。その男子は、理緒の叫び声を聞いておかしそうに笑いながら話に交《ま》じってきた。

ズキリと葉奈の心にその言葉が突き刺さる。これは同じクラスの黒岩哲平《くろいわてっぺい》の声。ちなみに「ババァ」っていうのは、葉奈たちの担任の佐伯ヤス子のこと。

「ハナちゃん……」

和泉がおろおろしながらつぶやいた。

「気にしてないよ。……原因を作ったのは私だから」

葉奈は弱々しく笑った。和泉と美望は何も言わなかった。

◇◇◇

「便所のハナコ」は、最近の葉奈のあだ名だ。これは哲平が付けた。

「あいつ、休み時間いつも便所だぜ」

最初にそう言って笑ったのは哲平。

「マジで⁉　おもしれー」

「便所のハナコさんってか」

クラスメイトたちはゲラゲラと一緒になって笑った。

確かにトイレにばかり行っているのは事実だから、そう言われても仕方がない。それに加えて、葉奈の外見がさらに笑いを呼んだ。

葉奈のずっしりと重い真っ黒な髪は、耳の下で一直線に切りそろえられている。前髪も眉《まゆ》のところで同様に一直線。葉奈の中学には、「女子は髪を短く切るか、ひとつまたはふたつに結ぶ」という校則があった。だから小六まで長く伸ばしていた葉奈の髪は、中学の入学式の前に母にハサミで切られたのだ。葉奈のクラスの女子たちは、似たり寄ったりのショートカットか、一本に結んでいる。そして理緒だけが、耳の横でツインテールにしていた。葉奈は理緒のそのツインテールがとてもかわいいと思い、好きだった。葉奈の髪だって、もっと他に切り方はなかったのか。せめて美容院で切りたかったなあと思う。

そして、葉奈の中学の女子の制服はセーラー服で、スカート丈は膝より下、白のソックスと決まっていて、もちろん葉奈は校則通りにしていた。さらに、葉奈は背が低い。

真っ黒なおかっぱ頭、校則通り着た制服、小さな体、葉奈の姿はまさに学校の怪談《かいだん》に出てくる「トイレの花子さん」のようだったのだ。

「便所のハナコ」

「あそこはトイレじゃなくてハナコの部屋」

「ハナコは便所に行ってろ」

哲平を発信源とした絶妙《ぜつみょう》なフレーズは、すぐさまクラス中に広がり、クラスメイトたちの笑いのネタになった。まるで、お笑いタレントから流行した新しいジョークのように。

哲平は小柄で色白で女の子のような外見だが、話が上手で成績は常にクラスのトップ。タバコはもちろん、香水や整髪料の臭いなどはまったく感じられないし、遅刻《ちこく》も欠席もない優等生だった。

それゆえ先生ウケも友達ウケも女子ウケもよい。先輩たちの間でも「カワイイ」と人気者だ。みんなからは「テツ」と呼ばれ、いつも友人に囲まれていて、人なつこそうな笑顔を振りまいていた。哲平のことが好きな女の子は小学生のころからたくさんいた。誰からも好かれる人気者で、人を喜ばせるのが好き——哲平はそんな男子だった。

その哲平が葉奈のことをひどく嫌うのにはそれなりの理由がある。原因を作ったのは間違いなく葉奈の方であり、それは葉奈自身が一番よく理解していた。

葉奈たちの町は小学校も中学校も一校しかなく、義務教育九年間を通して同じメンバーである。同級生は小学校に入学したときからずっと、そこにいるのが当たり前の兄弟姉妹のように過ごしてきた。

小学校を卒業するまでは本当に仲良しのクラスだった。女子はグループ意識のようなものはなく、みんなが仲良くしていた。みんなで縄跳《なわと》びをしたり放課後遅くまでおしゃべりをしたり、仲間はずれのようなこともなかった。城ヶ崎たちも今みたいに荒れていなかった。城ヶ崎は昔から悪ガキだったから、立ち入り禁止の小学校の裏山に入って遊んだりとか、教室で野球をしてガラスを割ってしまったりとか、悪さはしていたけれど。

今では考えられないが、小学校のころ、葉奈が学校で一番仲良しだったのは、桜井理緒だった。それから野呂明彦《のろあきひこ》という男子。

理緒はそのころからちょっと性格がきつめだったが、元気でサバサバした明るい女の子で、三月生まれで小柄な葉奈のことを妹のようにかわいがってくれた。

理緒、葉奈、野呂の三人は、いつも一緒に校庭でバレーボールをしたり縄跳びをしたりして遊んだ。冬には雪合戦もした。授業で自由に班を作るときも、三人は必ず一緒だった。葉奈は理緒と野呂が大好きで、いつまでもずっと三人一緒にいたいと思っていた。

そして、葉奈にはもう一人特別好きな人間がいた。それが黒岩哲平だ。哲平はいつもみんなを笑わせている人気者だった。放送委員会に所属していて、お昼休みになると放送室で音楽を流していた。哲平の選ぶ音楽はどれも最新の流行のものばかりで、真似《まね》をして同じ音楽を聴《き》くクラスメイトも少なくなかった。哲平はよく好きなアーティストの話をしてくれて、葉奈はその話を聞くのがとても楽しかった。

六年生になると、葉奈たちのクラスでは、誰が誰を好きとか、そういう話が急に流行《は》行《や》った。恋バナをすると、男子も女子もとても喜んで、その場が盛り上がる。だから

葉奈も隠すこともなく自慢《じまん》げに、

「私はテツが好きなんだ」

と言った。その場にいた数人の友達は、「えー！」とか「マジでー⁉」などと言って楽しそうに笑っていた。

中学生になっても、しばらくは平穏《へいおん》な日々が続いていた。状況が変わったのは中一の冬の初め。風が冷たくなってきたころ。葉奈は哲平に告白したのだ。別に付き合いたいとかそういうことではなかった。哲平に自分の思いを知ってほしかっただけ。クリスマスが近づき、気持ちが高ぶっていたこともあるかもしれない。

ぽかんとしていた哲平は、次の日になって、「ごめんなさい」という返事をわざわざ紙に書いて持ってきたのだった。

葉奈は和泉にこっそりとそのことを話した。ふられたことに特別大きなショックを受けたわけではなかったけれど、誰かに聞いてほしかったのかもしれない。和泉は「マジで⁉」とかなり大きな声を出したので、クラス中の人がびっくりして、「なになに？」と寄ってきた。

「ハナがテツに告白してふられたらしい」

和泉はさらりと言った。

次の日にはクラス中の人が知っていて、さらに一週間も経つと、先輩たちにまで噂は広まっていた。和泉のおしゃべりは有名だった。それは葉奈もよく知っていたのだけれど。

ここから先がたぶん予想外だったのだと葉奈は思っている。葉奈はそのあとも、これまで通り哲平と友達でいるつもりだった。当然できることだと思っていたのだ。しかし葉奈がいつも通り哲平に話しかけると、周りの人がすぐに冷やかした。

「おいテツ、かわいそうじゃん、付き合ってやれよ」

葉奈は気にしなかったが、哲平は違ったのだ。

ある日の体育の時間、葉奈が哲平と同じ班になりたくて、哲平の腕を軽くつかんだら、ズバッとものすごい勢いで払いのけられた。葉奈はびっくりして、すぐにその場を去った。

それから哲平は葉奈のことをことあるごとににらみつけるようになった。キッとした鋭い眼光《がんこう》。それは「氷のような目」と言える冷たい目つき。哲平の温かい笑顔は葉奈の前から消えてしまった。

「ねえテツ、私のことキライになった？」

葉奈は勇気を出しておそるおそる聞いた。

「そうだよ。うぜーんだよ、テメェ。俺の前から消えろ」

それが哲平の答えで、葉奈と哲平が最後に交《か》わした言葉になった。

葉奈はそれからずるずると狂《くる》っていった。葉奈に冷たい視線を送るクラスメイトは、哲平一人から、次第に増えていった。

まず、理緒。あんなに仲良しだったのに、どんどん冷たくなって、葉奈の代わりに奈々子や美穂子と連れ立って歩くようになった。葉奈のことはいつも見えないかのような態度。陰《かげ》で悪口を言っているのも、何度も聞いてしまった。あとからわかったことだが、理緒は哲平のことが好きだったらしい。

それから、「テツがそうするなら仕方がない」「リオがそうするなら仕方がない」「悪いのはハナだ」とクラスメイトたちは次々と葉奈から離れていった。

三学期になり、城ヶ崎たちが不良っぽくなって校舎裏でタバコを吸うようになると、ますます教室に葉奈の居場所はなくなった。葉奈はその毒々しい空気と冷たい視線から隠れるようにトイレに逃げ込む。それをすぐさま見つけた哲平が、葉奈を「便所のハナコ」と呼んだ。

二年生になっても、状況は改善するどころか、ますますひどくなっていった。

葉奈は担任の佐伯に相談しようと考えた。佐伯は五十八歳のベテラン教師だが、クラスでひどく嫌われていた。自分のクラスに無関心で、理不尽《りふじん》だし、言い方もきつい。さらに、ひいきも激しいのだ。葉奈も佐伯が好きではなかった。

例えば、ある日、佐伯は落ちていた紙くずを葉奈の前に出して、

「ごみはごみ箱に捨てなさい」

とすごく恐ろしい顔で言った。

「私のごみではありませんけど……？」

葉奈はきょとんとして言った。本当のことだ。

すると佐伯はクラス中に聞こえるように言った。

「あら、あなたは自分のごみでなければ拾わないのね？　みなさんのクラスにはこういう人がいるのよ」

佐伯は、誰に対してもこんな感じだった。ただ一人、黒岩哲平を除いては。

成績トップで規則正しく、人なつこい哲平は、佐伯のお気に入りだった。哲平と話すときはニコニコしていて、優しい言葉遣いだ。その哲平ですら、「あのババァ死ね」と言っているのだから、笑ってしまうけれど。

そんな佐伯だったけれど、仮にも担任なのだから一応注意くらいはしてくれるだろうと葉奈は思った。葉奈の学校には「生活ノート」というものがあり、その日の出来事を書いて、毎日担任に提出することになっている。

葉奈はそれまでのことを全部書いた。もともとは自分が原因だが、度が過ぎるので注意してほしいと。黒岩哲平の名前もはっきりと書いた。しかし、佐伯の対応は冷淡《れいたん》

だった。

「あなた、何言ってるの？　黒岩君がそんなことをするはずないでしょう。それに、もし本当だとしても、悪いのはあなたの方よ。あなたのその暗い顔がみんなを不快にさせるのよ」

葉奈はその日から生活ノートを出していない。それに対して、佐伯は何も言わない。

◇◇◇

（今日も一日終わった）

葉奈は自宅一階の自分の和室で寝転んだ。部屋には本棚と机、それから父からもらった古いパソコンが一台。今夜は父は仕事、母は旅行で留守だった。

畳《たたみ》の上でごろごろしていると、突然痛みにも似たざわざわした不安がわいてきた。またか、と思う。葉奈は、常にこの不安に襲われる恐怖を感じている。

『便所のハナコはババァと一緒に死ね』

哲平の声が、頭の中によみがえってきた。いつもさんざん悪口を言われているとはいえ、「死ね」はさすがにいただけない。そうこう考えていると、今度は理緒の声が。

『ちょっとー、マジムカつくんだけど！』

『ハナコさー、マジメぶってじろじろ見てんじゃねーよ』

ああ。次第に胸が苦しくなっていく。息ができなくなる。ヤバイ。

『なんだよ、ハナコ。見てんじゃねえよ』

あ、赤西だ。

次々に色んな人のセリフがぐるぐると頭の中を回り出す。

そのうち、和泉や美望の悪口でないセリフまでグルグルし始める。こうなるともう止まらない。

一年の三学期の終わりごろから、葉奈はおかしくなった。全員が自分のことを嫌っているのではないかと思い、人のささいな言動が気になって仕方がない。一言一言考えながらでないと会話ができない。今の相手の一言は何を意味するのだろう。自分は今、相手を傷つけることを言わなかっただろうか。そう思って、何度も何度も頭の中で確認してしまう。

不思議なことに、明らかに自分の悪口を言われているときは、傷つくけれど不安にはならない。この不安がやってくるのは、葉奈と仲良くしてくれる相手の、何気《なにげ》ない普通のセリフに対してである。

いったん不安になると、次にその人と会話をして何ごともないことを確かめるまで治らない。相手の次の声を聞いたとき、ようやくほっとする。しかしまたすぐ不安になる。この繰り返し。この不安は何の根拠《こんきょ》もないところから来るものだと、葉奈自身もわかっている。馬鹿げているけれど止められない。

葉奈はこの不安の波を〈発作〉と呼び、自分は〈病気〉であると考えていた。この発作が起こったのが学校なら、すぐに相手の声を聞いて安心できる。しかし今日のように家で起こると、対処のしようがない。次の日に学校に行ってその人と話をするまで治らない。さて、どうしよう。

唯一《ゆいいつ》の対処法は寝ることだった。寝れば何も考えなくなる。葉奈は無理矢理目を閉じた。

◇◇◇

次の日の昼休みも、葉奈はトイレに来て、ハァとため息をついた。

朝、クラスメイトと話すことでようやく落ち着いたのに、またあの不安発作が来た。息が苦しくなって、頭の中を人の言葉がぐるぐる回る。日増しに発作の回数が増えてきているようだ。

しかし、今日は原因がはっきりとわかっている。原因のない不安よりは少しはマシだ。前の時間、席替えをしたのだ。葉奈のクラスでは日直が席順で二周回ると、男女混合のくじを引いて席替えをする。クラスは二十八人だから、二ヶ月に一回くらいのペースで席が替わる。

葉奈は席替えが嫌いだった。毎回、葉奈の前後左右になった人たちが大騒《おおさわ》ぎするから。何回も席替えをしているから、もう慣れてしまったとも言えるけれど、それでもやっぱり憂鬱《ゆううつ》だった。せめて今度はタバコ臭くない席がいいと思う。

「きょえ～!!」

甲高《かんだか》く耳ざわりな男子の声が聞こえた。

誰？　何ごと？　葉奈にはわかる。こんなおかしな声を出すのは黒岩哲平。最初こそみんな驚いたものの、今では聞き慣れたものである。

哲平の特技その一、叫び。本当に、どこからこんな声が出るのだろう。

哲平はコントでもやっているみたいに、机にベタッと顔をつけた。

哲平の特技その二、死んだふり。

「ドンマイ、がんばれ二ヶ月」

哲平の後ろにいた相棒の一樹《いっき》がコミカルな口調《くちょう》で突っ込みを入れて、どっとクラス中の笑いを誘った。

新しい席順が後ろの黒板に書き出されて、そのちょうど真ん中へんに「山本」の名前があった。その隣に「黒岩」とある。どうやら最悪の席を引いたようだ。でも、たとえ隣が哲平でなかったとしても、たぶんその人にも似たような反応をされたはず。ただ、哲平はやっぱりリアクションの名人で、みんなから見てもおもしろいらしかった。

この直後、ぐいっと発作が襲ってきたのである。

葉奈がトイレでじっとしていると、ガラガラと戸が開いて一人入ってきた。坂井真《さかいま》琴《こと》だった。真琴は明るく笑いかけた。

「ハナちゃん、今度席近くになったね。よろしくね」

葉奈の心に一瞬の光が差したみたいだった。真琴は今日の席替えで葉奈の後ろの席になった。

「いっぱい話せるね」

真琴の笑い声は、明るくてきれいだ。他の人のそれとはちょっと違う。邪気《じゃき》の含《ふく》まれていない声だった。二年一組の学級委員である真琴は明るくて優しい、男子からも女子からも好かれるしっかり者の女の子。女子の中で一番背が高く、葉奈はいつも見上げるようにして話している。長い髪を頭の後ろで束《たば》ね、ポニーテールにしていた。

「うん。そうだね」

葉奈も精一杯《せいいっぱい》笑って答えた。

しかし心の奥がチクリとする。今の葉奈には、こんなに優しい真琴の言葉でさえも、不安の原因になってしまう。真琴は優しいからこう言ってくれるけれど、本当は葉奈が前の席になって迷惑しているのではないかと、醜《みにく》いことを考えてしまうのだ。

「ちょっと、マコ聞いてよ。なんであいつが隣なの？」

不機嫌そうな声で叫びながら理緒が入ってきた。哲平同様、どうしても美望のことが気に入らない理緒のこの態度も見慣れたものだ。

「超うざー」

いつもわざと本人に聞こえるように言っているんじゃないか、というくらい声が大きい。

「誰のこと？」

真琴はとぼけて聞いたけれど、本当はもうわかっている。理緒の隣は美望だ。どうしてこうお決まりのパターンになるのだろう。

「そうだ、ハナ席替わってよ。そしたらテツも喜ぶし」

理緒が機嫌の悪い声のまま言った。

「でも勝手に替わると先生が怒るから」

葉奈は軽く笑いながら答える。

自分でもわかる。葉奈の笑い方は、真琴とも哲平たちとも違う。笑えないところで笑う、嘘《うそ》つきの笑いだ。誰かと話して心がザワザワすると、なぜかこの顔が自然と出てしまう。

「ケチ」

理緒は口ではそう言いつつも、席を交換してはいけないということはわかっているようだった。

放課後になって、みんな帰宅したり部活に行ったりと教室から散っていった。

帰宅部の葉奈は、一人で自分の席に座っていた。隣には哲平の机がある。後ろの黒板に書かれた新しい座席表の葉奈の名前が、誰がやったのかわからないけれど、白いチョークでめちゃくちゃに塗りつぶされていた。

哲平は葉奈と自分の机の間隔《かんかく》を一メートルくらい空けている。席替え直後に哲平がそうするのを葉奈は横目で見ていた。けれどそのあと掃除をして机を動かしたはず。そのとき哲平はもう帰っていたのに、どうしてまた離されているのだろう。

葉奈は、真琴が部活が終わって戻ってくるのを待っていた。真琴と一緒に帰りたかったのだ。葉奈と真琴は家が近く、小学校のころからよく一緒に登下校をしていた。

今日は席替えのことでいろいろあって、真琴と話をすることで落ち着きたかった。暇《ひま》なので廊下に出てぶらぶらしてみる。生徒指導室の前に行ってみた。電気がついているから誰かいるのだろうと思っていると、ドアが内側からガチャッと開いた。びくっとした。学校の中でこの部屋だけが、なぜか引き戸でなく開き戸なのだ。

「あれ、ハナじゃん」

中から出てきた男子が、調子の外《はず》れた声をあげた。

髪を真っ赤に染めた男子、それは野呂明彦だった。

今日は教室で野呂を見ていない。学校に来ていないのかと思っていた。

「野呂君……どうしたの？　今日休みだったんじゃなかったの？」

「あー、午後には学校来たんだけど、この頭のことで生徒指導に呼ばれて、今まで帰してもらえなかったんだ」

葉奈は野呂の赤い髪を眺《なが》めた。また派手にやったものだ。城ヶ崎たちでもせいぜい茶髪なのに。

「どう？　カッコイイ？」

野呂が赤い髪をかき分けながら聞く。

「うん。似合うよ」

葉奈は何と言っていいかわからず、とりあえずそう言った。その言葉は嘘ではない。

中学に入ってから、野呂も荒れた。城ヶ崎たちに等しく、学ランのボタンは全開、中は髪と同じ真っ赤なTシャツで、ギラギラしたアクセサリーを首から下げて、ズボンを腰まで下ろしていた。タバコと香水の混じった妙《みょう》な臭いがする。最近は学校にもしばらく来ていなかった。

葉奈と理緒と野呂がいつも一緒にいたころ、野呂はいつもぼさぼさの髪をして、優しい性格で、他の男子とはあまり一緒に行動をしていなかった。

六年生のとき、クラスにある噂が流れた。

「リオと野呂は付き合っているらしい」

話はあっというまにクラス全員の耳に入った。もちろん葉奈もその話を聞いた。

「違うよ。付き合ってないよ、私たち。ねえ？」

「うん」

理緒と野呂はあっさりと葉奈の前で否定した。葉奈も納得した。毎日二人を見ている葉奈にしてみれば、二人が仲良しの友達以上にはならないことくらいわかる。噂はただの噂だ。

だが葉奈はあとになって、確かに理緒と野呂は付き合ってはいないし、理緒は野呂のことを友達以上には思っていないのだけれど、野呂の方は理緒が好きだということがわかった。これは本当だろうという確信が葉奈にはあった。野呂は毎日のように、「リオちゃん、リオちゃん」と理緒のことばかり追いかけ回していたし、葉奈と三人で一緒にいても、野呂が理緒の方を見ていることが多いのに気づいたのだ。

その野呂がこんなに荒れたのは理緒のせいだ、と葉奈は思っている。去年、葉奈と哲平がトラブルになったころ、理由はよくわからないけれど理緒は急に野呂に冷たくなった。

「あたしはノロなんかと関わりたくない」

理緒がはっきりそう言うのを、葉奈も聞いた。それから理緒は、急に野呂を避けるようになったのだ。

葉奈のときと同じ。そのうち男子も女子も野呂を嫌い始めた。権力の強い理緒には逆らわない方がいいということらしい。城ヶ崎たち男子は、野呂を「ノロマのノロ」と呼んだ。それから野呂は荒れていった。

「ハナは？　帰らないの？」

野呂が葉奈に尋ねた。

「うん。マコちゃん待ってるの」

葉奈はちょっとドキドキした。男子はだいたい哲平の影響《えいきょう》で葉奈に話しかけなくなっていたから、久しぶりに会った野呂があまりに普通に話しかけてくるのがちょっと変な感じだった。

「そういえば席替えしたんだって？　俺の席どこだか教えて。明日間違うと嫌だから」

野呂は無邪気《むじゃき》に笑った。

「うん」

葉奈はうれしくなってうなずいた。

「ねえ、野呂君は、私に話しかけるの嫌じゃないの？」

教室に行く途中、葉奈は思いきって聞いてみた。

「なんで？　どうして俺がハナに話しかけるの嫌なんだよ？　友達じゃん、俺ら」

野呂は不思議そうな顔でそう言う。葉奈の事情は野呂も知っているはずなのに。

周りから嫌われて避けられたりしても、ヤケになって不良のようなかっこうをしても、決して人を馬鹿にしたりあざ笑ったりしない野呂に、葉奈の心はじんと熱くなった。

「あれ、座席表まだ消してねぇじゃん。俺どこ？」

野呂は教室後方の黒板の前に駆け寄った。自分の名前を探しているうちに、何かを見つけたらしい。急に黙《だま》って、一点を見つめた。

「……」

ぐちゃぐちゃに塗りつぶされている葉奈の名前を、野呂はまっすぐに見ている。

しばらく考え込んでから、無言で黒板消しを手に取り、そのぐちゃぐちゃを消した。

それから白いチョークで、「山本」と大きく書いた。下手な字だ。でも、とても優しい字。

葉奈はそのまま野呂に泣きつきたかった。野呂ならわかってくれると思った。でも、できなかった。

「じゃあな、ハナ。バイバーイ」

野呂は笑って廊下に消えていった。

塗りつぶされた座席表のことは、何も言わなかった。

◇◇◇

次の日、二時間目の理科は、理科室での実験だった。

実験のために組まれた班は五人で、城ヶ崎と芝浦、美穂子、和泉、そして葉奈だ。

理科の担当は竹本孝一《たけもとこういち》という先生。若くてノリがよく、生徒の面倒見がよい教師である。生徒から友達のように慕《した》われていて、みんな「竹兄《たけにい》」と呼んでいた。しかし年齢を聞いたら、実はもう三十三歳だという。

「おい、最悪じゃん。ハナコいるじゃん」

芝浦が小声にするでもなく言った。聞こえてるってば。

「逆にいんじゃねー？　めんどいし、全部ハナコにやらせれば」

と言ったのは城ヶ崎。

「それもそうだな」

葉奈はどんより気分が重くなった。和泉は、と見ると、美穂子と話をしながら笑っている。普段葉奈と仲がよいふりをしながら、和泉はこういうときはしらばっくれている。

今日は試験管《しけんかん》に入れた炭酸水素《たんさんすいそ》ナトリウムをガスバーナーで熱する実験だと、竹本が説明した。

「おい、ハナコ。道具取ってこいよ」

城ヶ崎がどかっと椅子《いす》を蹴《け》ってきた。突然の衝撃《しょうげき》に葉奈の身体がガクッと動く。

「ぐずぐずしてんじゃねーよ」

葉奈はあわてて立ち上がった。椅子がガランと音を立てる。

前の方に出ていき、試験管とビーカーを手に取る。一度では道具を持ちきれず、いったん席に戻る。

「早くしてよ」

美穂子が言った。もう一度前に出ていって、次は炭酸水素ナトリウム。準備が終わっていないのは、葉奈の班だけになった。クラスみんなの視線が葉奈に注がれる。

教壇《きょうだん》に立つ竹本と目が合った気がした。

葉奈が席に着いてから、竹本は実験の手順を説明した。

「まず炭酸水素ナトリウムを試験管に入れて、器具にセットしたら、ガスバーナーに火をつけます。その前に窓を少しだけ開けて、換気《かんき》をよくしておきましょう。では、始めてください」

「早く火、つけようぜ」

隣の班から、哲平の声が聞こえた。女子たちのきゃいきゃいとした声も聞こえる。

「黒岩君、先に窓開けてねって言ったでしょ。気をつけてね」

竹本が声をかけると、

「そうだった、誰か開けてきて」

と屈託《くったく》のない顔で笑った。葉奈にはもう向けてくれない笑顔。哲平と同じ班の高瀬《たかせ》が窓を開けると、秋のひんやりと冷たい風が入ってきた。

葉奈たちの班では、和泉と美穂子はおしゃべりをしながらクスクスと笑っている。

城ヶ崎は実験に飽《あ》きたのか、立ち上がって理科室の中をうろうろし始めた。誰も手伝ってくれないので、葉奈が一人で実験を進めている。

「城ヶ崎君！　ふらふらしてないで、実験に参加しなさい！」

竹本に注意をされると、城ヶ崎は理科室の丸い椅子にどかっと腰掛けて、足を机の上に投げ出した。ガスバーナーの火が一瞬揺れた。

「ハナコ、まだ終わらねーのかよ。さっさとしろ！」

城ヶ崎にギロリとにらまれ、葉奈はあわてて手を動かした。

「もうそろそろ燃えましたね。どうなったか、班ごとに代表の人が発表してください」

五十分間がとても長く感じた。


チャイムが鳴り、長い授業が終わった。クラスメイトたちはガラガラと椅子を引いて立ち上がり、教室へ戻っていく。

「山本さん」

竹本に呼び止められた。

「実験中、ひどい態度を取られていたね。大丈夫？」

竹本は子供に話しかけるように優しく言った。

「佐伯先生には言ったの？」

「……言ったけど、信じてくれなかったんです」

葉奈は小さな声で答えた。竹本は助けてくれるのだろうか。

「そうか……。キミにああいう態度をする人は城ヶ崎君以外にももっとたくさんいるのかな？」

コクリとうなずく。

「あの、だけど先生、仕方ないんです、もとはと言えば私が……。それに、どんなにひどいことされても、みんな私の大事なクラスメイトなんです」

葉奈の意外な答えに、竹本はちょっと驚いたようだった。しばらく考えてから葉奈の目を見て言う。

「でもね、だからって放っておくわけにはいかないんだよ。僕も一応教師だからね。佐伯先生には僕からも一度話しておくよ」

◇◇◇

六時間目が終わって、掃除の時間が来た。

「ハナちゃん」

クラスの女子に声をかけられる。

「私の机は拭《ふ》かなくていいからね。手も触《ふ》れないでね。あと、リオとナナとミホも拭いてほしくないって」

それだけ言うとパタパタと去っていった。

ずきりと響《ひび》いた。乱暴者の城ヶ崎たちよりも、こういうさりげない言葉の方が傷つく。葉奈が触ると汚いと言いたいのだろう。

「ハナちゃん、気にしちゃダメだよ」

真琴が来て、そっと耳打ちをした。そしてその女子を追いかけていった。

正義感の強い真琴は、人をあざ笑うことを許さず、いつも葉奈の味方になってくれる。葉奈がクラスで一番信頼しているのがこの真琴だった。真琴はみんなのお母さんみたいな子だから、子供のケンカは放っておけないのだ。でもたぶん、怒るのではなくて、さりげなくなだめる。葉奈はそんな真琴が好きで、真琴に話しかけられるとほうっと心の中が温かくなる。すごく寒い日に、温かい家の中に入ったような気持ちだ。

掃除が終わり、手を洗って教室に戻ってくると、やっぱり哲平の机は葉奈から一メートル離れた位置にきちんと置かれていた。いったい誰がやるのだろう？　哲平本人や理緒たちは今日は掃除当番ではない。城ヶ崎たちはそもそも掃除当番をサボっているので違う。

哲平と葉奈の机を離すことがクラス中の暗黙《あんもく》の了解になっていて、誰もが普通にやっているのだろうか？

葉奈は教室中を見回した。隣の席の哲平はまだ掃除から戻ってきていない。ドア近くの一番前の席で、和泉がこちらを見ながらクラスの女子とおしゃべりをして笑っているのが見えた。

そのとき、「二年一組の山本葉奈さん、職員室まで来てください」という放送が佐伯の声で入った。用件はきっと竹本が言っていたことだろう。

「竹本先生からお話は聞いたけど、困るのよね、それくらいで騒がれちゃ」

佐伯は面倒そうに言った。この人はどうしても葉奈が悪いと言いたいらしい。だから葉奈は佐伯に相談するつもりはなかったのだが、竹本が話したのなら仕方がない。

「もうすぐ運動会もあるし、クラスの和を乱さないでほしいの」

「はぁ……、すみません」

乱しているのは葉奈ではない。なぜ葉奈が謝《あやま》らなくてはならないのか。

さらに佐伯はとんでもないことを言い出した。

「さっき電話して、お家《うち》の人にお話ししておいたわ」

ドキリとした。

お家の人⁉　こんなことが母に知れたら、またヒステリーを起こす。

「お父さんが出られたわ。変わってるのね、あなたのお父さん」

電話に出たのが父だと聞いて、葉奈は少しほっとした。そうだ、今日は父が休みだった。

「なんて言ってたんですか、父は?」

「『うちの娘はいじめに負けるような弱い子ではありません。今に自分で何とかしますから黙って見ていてください』ですって」

◇◇◇

葉奈が家に帰ると、当の父が飼い猫のグロリア（二歳・ペルシア猫・メス）と猫じゃらしで遊んでいた。

「あ、おかえり」

「ただいま」

学校からの電話については特に何も言われなかった。その方がよいと思ったのか、それとも単に忘れているのか。葉奈にとってはありがたかった。しつこく突っ込まれると困る。

（そうよ。私は今になんとかしてみせる）

そんな気持ちが心の底からゾクゾクとわき上がってきた。お父さんは私を信じてくれている、としみじみ感動した。

葉奈は自分の部屋へ入って、敷きっぱなしの布団の上に横になった。理科の実験中の出来事、掃除のときに言われた言葉と真琴の気遣《きづか》い、哲平の笑顔、そして昨日の野呂の姿が次々とフラッシュバックする。野呂まで葉奈のことを嫌いになったりしないだろうか。明日もまた話しかけてくれるだろうか。

（大丈夫。野呂君は私の友達だって言ってくれた）

頭の中で何度も何度も繰り返す。目を閉じて、しばらくすると眠ってしまった。


スーッと和室の襖《ふすま》が開いた気配がして、目を開けると、母が無言で立っていた。

「わぁ、びっくりしたー！」

葉奈は大声を出した。一人きりで安心していたのだ。

「ねぇ、ハナ。アンタどこか悪いんじゃないの？」

母は低く押し殺した声で言った。怖い。

「なんで？」

「なんでって。青白い顔して学校から帰ってくると、ぐったり倒れこんで寝てるじゃない。毎日！」

ヒステリックに叫ぶ。耳がつんとした。

「別に。いいじゃん、疲れてるんだから」

葉奈は本当に疲れていた。やめてくれ、頼むから寝かせてくれと言いたかった。

「ハナ、学校でいじめられてるの？　……担任の先生から電話があったって、お父さんが言ってた」

「……」

「ねぇ、ハナ。なんとか言いなさいよ！　答えなさいってば！」

母がいらだってくるのを肌で感じた。

お母さんは私を心配しているわけではない。面倒に巻き込まれるのが嫌なのだ。もう、面倒くさいな。

「たいしたことないから。お願いだから、もう出てって。私寝たいの」

「いいから答えなさい、ハナ！」

「出てって、出てってってば！」

葉奈は母を無理やり押し出すと、襖をぴしゃりと閉めた。

ざわざわと胸の中で音がする。ああ、やってしまった。どんどんどんどん、不安の塊《かたまり》が大きくなって、葉奈の首を絞《し》めていく。

発作が起こり、母がヒステリーを起こし、もっと強い発作が起きるという、恐ろしい悪循環《あくじゅんかん》の図ができた。

葉奈は気分を紛《まぎ》らわそうと、部屋の縁側《えんがわ》から外に出てみる。夜風が冷たい。置きっぱなしになっているサンダルを履《は》くと、ふらふらと夜道を歩いた。

どのくらい歩いただろうか、気がつくと通学路の途中にある公園に来ていた。公園といっても、何もない、ただ広いだけの空間だ。あるのは、明かりの灯《とも》った街灯と、西側に時計台がひとつ、東側に公衆トイレ、そのトイレの前に木のベンチがひとつ。

それから公園の周りを取り囲むようにして、まだ葉っぱをつけた桜の木がいっぱい。

葉奈は木のベンチに座った。思わず涙がこぼれる。

「私は便所のハナコじゃないよぉ……」


「あんた、こんなとこで何してんの？」

どれくらい時間が経ったのか、そう言われてはっと顔を上げた。涙の匂《にお》いがする。だいぶ泣いていたみたいだ。

「子供がこんな夜遅く出歩いちゃあかんよ」

見ると、葉奈の目の前に、二十歳《はたち》前くらいの長身の女性が立っていた。心配そうに葉奈の顔を覗《のぞ》き込んでいる。

葉奈は驚いて目をぱちくりさせた。この人はいつのまにこんなに近くにいたのだろう？

女性は、黒くて長い美しい髪で、裾《すそ》にレースのついた紫色の薄い長袖《ながそで》のブラウスを着て、おしゃれなジーンズを穿《は》いていた。左手首には黒いリストバンドをしている。その上には、水色の古いミサンガが巻かれていた。

キリッとした眉と大きな丸い目。すごくきれいなお姉さん、と葉奈は思った。

「何、泣いてんの？　お姉さんに話してみ」

優しく微笑み、そう尋ねてくる。

ここは北関東の片田舎。関西弁は新鮮だった。

「あんた、いくつ？　名前何ていうん？」

女性は葉奈の隣に腰を下ろし、そっと葉奈の髪をなでた。

「山本葉奈。中二」

涙声で葉奈は答える。

「ハナ？」

「葉っぱの葉に、奈良県の奈で葉奈」

「ふうん、葉奈ね。中二なん？　もっとチビかと思うたわ」

女性は楽しそうに「あはは」と笑った。

葉奈は少し悔《くや》しかった。どうせ葉奈は幼《おさな》く見える。

「あたし、沢村小華。小さいに、華やかの華。名前似とるね」

「小華さん……」

葉奈は小華という女性を見た。葉奈と目が合うと、小華はニッコリと笑った。

「もしかして……、いじめられたん？」

唐突《とうとつ》にそう聞かれてとまどったが、相手は知らないお姉さんだしと思い、コクリとうなずいた。

「そうか……、辛《つら》いなぁ。あたしそこの中学の卒業生やけど、あたしもいじめられとったんや、中学のとき」

小華は葉奈の中学の方向を指差した。

ちょっと意外だった。関西弁の小華が葉奈と同じ中学出身であるのと、この明るくてきれいな女性が葉奈のようにいじめられていたという事実の両方に。

「小華さんも？」

「そう。名前が『コハナ』やからさ、授業中トイレ行ったら『便所のハナコ』とかってみんなに言われて、もう最悪――」

葉奈はどきりとした。

「何、どうしたん？」

小華が葉奈の顔を覗き込んだ。

「あの……、その……、私も同じあだ名だから」

葉奈はしどろもどろになりながら答えた。

「嘘ー!?　そうなん？　偶然やなぁ」

と、小華。

昼間の出来事がよみがえり、葉奈の目にまた涙があふれてきた。

小華はそんな葉奈を気の毒そうに見ている。

「そうか……。葉奈、負けちゃあかんで。いじめられてる子は自分の力でいじめを止めることはできないなんて言うアホな大人がおるけどな、そんなことないで。いじめられてる子が自分の力でいじめをやめさせることだってできるんや」

そう言うと、ポンと葉奈の肩に手を置いた。

「そうやな、例えば髪形変えてみるのはどうや？」

夜の闇の中、小華の横顔が公園の街灯に照らされている。

「髪形？」

葉奈は自分の髪を左手で触りながら聞き返した。前髪も後ろ髪も一直線の、地味でダサイおかっぱ。

「そうや。そのまっすぐな髪の毛が『トイレの花子さん』みたいに見えるんちゃうか？」

「うーん……、変えるって、例えば？」

「そうやなー、ひとつに結ぶには短いから、ふたつに結んでみるとか。あたしがやってあげるから来てみ」

そう言うと小華は葉奈を自分の近くに引き寄せて、手ぐしで葉奈の髪をとかした。

その手はひんやりと冷たくて、葉奈は驚いて飛びのきそうになった。季節はまもなく冬。ブラウス一枚の小華は寒々《さむざむ》しく見える。

「小華さん、寒くないの？」

「うん。寒いことないよ」

「手、氷みたいに冷たいけど?」

「ほんま?」

小華はしばらく自分の手を見つめた。

「まぁ、気のせいや。それより、ほら、どうや? かわいいやろ?」

小華はポンと葉奈の頭に手を乗せた。鏡がないので自分の髪形がどうなっているかわからなかったけれど、触ってみると、左右に結ばれた小さな髪がある。うれしくて気恥ずかしかった。

小華は右手で左手のミサンガをくるくるとはずすと、

「これ、葉奈にやるわ。元気出しぃや」

と笑った。よく見ると、水色のミサンガには白い糸で『KOHANA』と刺繍《ししゅう》されている。

「これ……」

「それ、中学卒業するときみんながくれたんや。せやけど葉奈にやる」

「いいの?」

「もちろんええよ。ハナコ同士、友情の証《あかし》や」

小華はニコニコと笑った。

葉奈はミサンガを眺めた。古くなっているけれど、とてもきれいな水色。

「そうや、今、メアド教えたる。メールしよ」

「あ、私スマホも携帯も持ってないから……。パソコンなら家にあるけど」

メールと言われて、葉奈はあわてて言った。小華はきょとんとしている。

「あたしもパソコンやで。うち、母子家庭で親が携帯持たせてくれへんねん」

(今どき珍《めずら》しいな、大人なのに)

小華は紙にサラサラとアドレスを書いて、葉奈に渡した。

葉奈がお礼を言うと、そこにはもう誰もいなかった。

「ありがとう。……あれ？」

「小華さん？」

呼んでみたけれど返事はない。いったいどこに消えたのだろう。

葉奈はもう一度、小華がくれた水色のミサンガとメールアドレスが書かれたメモを眺めた。不思議な人だった。

◇◇◇

家に帰って鏡を見ると、なるほど、短めの髪がちょこんとふたつに結んであった。いつもと違う自分に、思わず笑みがこぼれた。

次の日、葉奈は小華がやってくれたのと同じように髪を結び、うきうき気分で登校した。髪形を変えるのって、楽しい。

「おはよう」

学校に着くと、真琴が教室にいたので挨拶《あいさつ》をした。

「おはよ、ハナちゃん。今日の髪形かわいいね」

そう言われて葉奈はとても上機嫌になった。

「ホント？　ありがとう」

なんだかくすぐったい。顔がほころんでしまう。

周囲の様子がちょっと違うことに気づいたのは、お昼休みくらいだった。

「ねぇ、ハナコ、マジムカつくんだけど」

ひそひそと、理緒の声が教室の後ろの方から聞こえてきた。理緒の隣に美穂子がツンとすまして立っている。

何？　何かしたっけ？　葉奈の胸の奥がざわざわ言う。

「真似してんじゃねーよ。ハナコのくせによ」

「ねー。リオがかわいそう」

理緒が低い声で機嫌悪そうに言って、美穂子も同じような口調で返した。

（真似した……？）

最初はその意味がわからなくて、理緒と美穂子のそれぞれのセリフを頭の中でぐるぐると回した。次第にそれが頭痛に変わり、葉奈の神経を引っかき回していく。

（……そうだ、髪形だ）

そう気づくまでに、そんなにたくさんの時間はかからなかった。耳の横で髪の毛を両側に結んでウサギのぬいぐるみみたいにするのは、このクラスでは理緒だけだったのだ。

理緒はどうやら、その髪形は理緒だけのものだと思っているらしい。確かに、理緒の髪形はかわいいし、トレードマークみたいで似合っていた。

ショックだった。小華や真琴にほめられてうかれていた。こんな簡単なことに気づかなかったなんて。

結局次の日には、葉奈はいつもの「花子さん」の髪形に戻した。

「俺の方に寄らないでほしいんだよね。ハナコ菌《きん》がうつるっつーの」

隣の席の哲平がひとり言のように言いながら、葉奈の机からなるべく遠くに自分の机を引っ張っている。

「ハナコ菌ってなんだよ、新しいな！　便所の細菌か」

哲平の前の席に座っている一樹が、後ろを振り向いて爆笑した。

「昨日はイメチェンしてたみたいだけど、似合《にあ》わなくてまじ笑えた」

髪形を変えるのにも、他の誰かの顔色をうかがわなければならない。そして、たったそれだけのことをこうやってネチネチと言われ続ける。

葉奈の病気は進行していた。毎日見境《みさかい》なく発作は起きる。家に帰るとどっと疲れ果てている。横になると気づかないうちに眠りに落ちて、そのままこんこんと眠り続けてしまう。このまま死ぬんじゃないかと思った。

第二章　歌えない私と走れないあいつ

小華さま
こんばんは。葉奈です。一昨日はありがとう。うれしかった。

でも髪形作戦は大失敗。リオの真似してるって言われちゃった。結局またいつもの髪形で学校に行ったよ。

せっかく小華さんがアドバイスしてくれたのに、残念な報告になっちゃってごめんね。

最近席替えをしたんだけど、隣に嫌な男子が来ちゃった。

机を離されたりして悲しい。でもね、そいつ、本当はいいやつなんだ。

だからよけいに悲しい。

この間、久しぶりに学校に来た野呂君とお話したの。

それから、マコちゃんとも席が近くなっておしゃべりしやすくなったんだよ。そんなこと言っても知らないよね。野呂君、マコちゃん、それにリオはみんな私の友達なんだ。
今度ゆっくり話してあげる。
小華さん、また公園で夜会えないかな。メールください。

葉奈

小華は、突然消えた。だから葉奈は少し不安だった。さよならも言わずにどこに行ってしまったのだろう。急用でもあったのかな。
返信はすぐに返ってきた。シンプルなメールだった。

DEAR　葉奈
大変やね。葉奈の気持ち、わかるわ。でも、自分で状況は変えられるで。
思いきって行動してみ。
会うのはいつでもええよ。ほな、またねー。

FROM　小華

◇◇◇

その夜、和泉から電話がかかってきた。おしゃべり好きの和泉は、一週間に一度は電話をかけてくる。葉奈にとっては普通の会話ができる貴重《きちょう》な友達の一人だ。

「ねー、ハナちゃん聞いてよ」

電話の向こうでいつものハイテンションな和泉の声が聞こえた。

足元ではグロリアが葉奈の給食の残りのパンを食べている。グロリアは本当によく食べる猫だ。

「どうしたの？」

「テツが、ハナちゃんのこと、近寄らないでほしいって言ってたよ。ハナちゃんの隣の席が死ぬほど嫌なんだって」

ドキッとした。子供のころから和泉はものすごくストレートである。相手の気持ちも考えず、無神経なことを言う。悪意がないところが、余計《よけい》にタチが悪い。

「……あ、うん。知ってるよ」

知らないはずがない、隣の席で聞いていたんだから。ハナコ菌とか、便所の細菌とか言って、一樹と大爆笑していた。

「そう？　でもハナちゃんがいないとき、もっとすごいよ」

「すごいって？」

「うざいとかキモイとか消えろーとか……。菌がうつるとか」

「……」

「テツたちだけじゃなくて、ジョーとか赤西とか芝浦とか、リオたちも言ってるよ」

「うん」

「あたし、リオが一番嫌い」

和泉は憤慨《ふんがい》して言った。

「ありがとう。でも私、気にしてないから。本当にありがとう」

葉奈はとりあえずそう言って力なく笑った。和泉は一応、親切のつもりなのだ。だったら「ありがとう」と言おう。でも本当は、わざわざそんなこと教えてくれなくてもいいのにと思っている。

「そういえば、チョロ君元気？」

葉奈は明るく話題をそらした。チョロとは和泉が飼っている犬の名前である。

「うん、元気だよ。ハナちゃんちのデブ猫は？」

「グロリア？　グロリアも元気だよ。相変わらずデブだよ」

横でグロリアが「ニャー」と不機嫌そうに鳴いた。

二人はしばらくどうでもいい話をした。

「ねえ、あたしはハナちゃんの親友だからね。何でも言ってね」

電話の最後に和泉はそう言ったけれど、なんと答えていいかわからなかった。

葉奈は電話を切ったあと、しばらく何も考えずに固まっていたが、やがて泥のように眠って、そのまま朝になった。

翌日葉奈が学校に着くと、五分も違わないで登校してきた哲平が、葉奈から一メートル離れた自分の席に座った。

「今週の掃除当番気がきいてんじゃん。ちゃんと俺の机の置き方わかってるし」

わざと葉奈に聞こえるように言う。やっぱりテツ本人以外にも机を離して置いている人がいるんだ、と葉奈は思った。

◇◇◇

「ちょっと、アナタってば、どうしてこうなのよ、いつも!!」

その日、家に帰ると、玄関を開けるなりものすごい怒鳴り声がした。自分が怒られたのかと、葉奈は思わず肩をすくめた。

母の声だ。いったいどうしたんだろう。

「いいだろう、これくらい⁉　ケチケチするなよ‼」

同じくらい大きな声で、今度は父の声がした。

「ただいまー……」

小さな声で言って、葉奈は靴を脱いで家に上がった。

「だってこれ、いくらするのよ⁉」

「かまわないだろう、俺の小遣《こづか》いから出したんだし。キミだって旅行に行ったじゃないか⁉」

居間で父と母が怒鳴り合っている。こんな大声で耳がおかしくならないか、と葉奈はあきれた。

「ただいま」

もう一度言ったが、父も母もまったく気づかない。

「いいじゃないか、グロリアだってうまいもの食ったたって‼」

「あのねえ、人間がたいして高価なもの食べてないのに、どうしてこんなに高い猫の餌《えさ》を買うのよ‼」

母がヒステリックに叫ぶ。

すると、「ニャ～」と気の抜けたような鳴き声がして、グロリアが太っちょな身体をすり寄せて葉奈の足にまとわりついてきた。ふっくらした顔がとても満足した様子である。見ると、葉奈の足元に「マグロ味」と書かれた超高級猫缶が三つも転がっていた。なるほど、と葉奈は状況を理解する。

そのとき、突然母と目が合った。

「ハナ、帰ってきたんだったら、ただいまくらい言いなさい‼」

相当お怒りだ。

「言ったよ。お父さんとお母さんが聞いてなかったんじゃん」

葉奈はふてくされて、自分の部屋に行った。といっても隣の部屋だから、怒鳴り声の大きさはたいして変わらない。狭い家は嫌だ。なぜかグロリアまでついてきた。

母はヒステリックだ。自分の思い通りにならないとすぐ怒鳴るし、人の話なんて聞かずに、言いたいことだけ言っていつも怒っている。

父は温厚で、母のやりたいようにやらせているが、溺愛《できあい》しているグロリアのことになると話は別だ。たびたび母とけんかになっている。

葉奈はすぐに私服に着替えて、逃げるように公園に出かけた。小華と会う約束をしているのだ。

ベンチに座って待っていると、空が完全に暗くなったころ、

「よっ、元気ー⁉」

と声がして、小華が現れた。

小華と会うのは二度目だが、やっぱりどっちの方角から来たのかわからなかった。気がつくと目の前にいる。葉奈がぼーっとしているからなのだろうか。

「葉奈ー、あんたもうちょっと正直にメール書きぃや」

小華は葉奈の隣にストンと座ると、この前と同じように関西弁で話し始めた。

今日も三日前に会ったときと同じ、紫色のブラウスを着ている。気に入っている服なのかな。

「メールって？」

「あんたがあたしに送ったメールや。『みんな私の友達なんだ』って、そのマコって子と野呂君って子は別にしても、他のやつに甘いやろ」

「そう？」

小華の言葉はぶっきらぼうだが、なぜか葉奈を不安にさせない。不思議なことに、小華に対してだけは、「嫌われたかも」という恐怖心がわいてこないのだ。あんなによくしてくれる真琴や野呂に対してまでわいてくるのに、どうしてなのかは不明だ。

「でも『他のやつ』って？　リオのこと？　詳しくは書かなかったと思うんだけど……っていうか、小華さん、なんでそんなこと知ってるの？」

「あたしは何でも知っとるで。いつも見とるもん、あんたらのこと。だからあたしに遠慮することないで」

　小華は人なつこそうに笑って、葉奈の背中をポンと大きく叩《たた》いた。その手は優しかったけれど、ひんやりと冷たくて、葉奈は不思議な気分だった。

「小華さん、私ね……」

「うん？」

「突然胸が苦しくなって、その日話した友達の言葉とかがぐるぐる頭の中を回っちゃうの。『もしかして嫌われたかも』って、何も理由がなくてもそう思っちゃう」

「そうなんや……」

　小華が大きな瞳で葉奈を見た。

「自分でもちょっとおかしいと思ってて、〈発作〉って呼んでる。病気なんだって思う」

　小華には、どんなことでも不思議と話せてしまう。

「あたしも、昔そういう時期があったよ」

　小華が言った。その顔は、どこか昔のことをなつかしんでいるようで、葉奈はその先の言葉を待っていたが、小華はそれ以上何も言わなかった。

「ねえ、小華さん」

「なんや？」

「小華さんっていくつ?」

葉奈は思いきって聞いてみた。小華はいつも一方的で、葉奈は小華のことを何も知らない。葉奈と同じ中学出身で、同じあだ名でいじめられていたこと以外は。

「歳か? 十八」

「十八歳? 高校生なの?」

「いや。高校はもう卒業したよ」

小華は爽やかな笑顔を向けた。葉奈はなんだかうれしくなった。小華が自分のことを話してくれるのは初めてだ。

「そうなの? じゃあ大学生? それとも専門学校とか行ってるの?」

「いや……。学校はもう行ってへん」

小華ははっと笑った。葉奈は不思議に思った。なぜ笑うのだろう?

「じゃあ、働いてるの?」

「いや、仕事もしてへん」

「それじゃ、昼間は何やってるの?」

「……何もしてへん」

小華は明るく言って、黙った。

変なの、と葉奈は思った。

二人はそのまましばらく何もしゃべらずにベンチに座って、冷たい夜風にあたっていた。

「ねえ小華さん」

「なんや？」

「今度、日曜日に一緒に遊ばない？　昼間に」

葉奈は勇気を出して、できるだけ笑顔で誘ってみた。誰かを遊びに誘うのは初めてだ。何もしてないんだったら、「いいよ」って言ってくれるはず。

「ごめん。無理や、昼間は」

小華は残念そうに言った。

「どうして？」

「夜しかあかんねん。それと、あたしはこの公園にしか来られへん」

「なんで？」

小華はしばらく考えて、

「また今度、夜ここで会おうな。メールもしような。約束や」

そう言うと笑って、優しく葉奈の頭をなでた。葉奈と遊ぶのが嫌で言っているようには聞こえなかった。

そしてそのまま、見えなくなった。気づいたら葉奈の頭の上から小華の手が消えて、冷たい空気だけが残っていた。

「小華さん？　小華さーん……？　またいなくなっちゃった」

◇◇◇

席替えから一週間ほど経ったころ。

一時間目は英語の授業だった。

「『Whose pen is this?』リピート、アフター、ミー」

若くて可愛い英語の先生が、気取った口調で言った。

「フーズ、ペン、イズ、ジス」

生徒たちがぼそぼそと繰り返す。

「『これは誰のペンですか？』ですね。『It's mine.』」

「イッツ、マイン」

「『私のです』という意味です」

唐突に、先生は手を叩いて生徒たちの注意を促《うなが》した。

「いい？　みんな、ペンを一本ずつ先生に渡して」

ざわめきながらも、箱を持ってまわってきた先生に、みんな一本ずつペンを差し出す。葉奈もオレンジ色のマーカーを出した。先生はそれをぐちゃぐちゃにして、一人一本ずつ配った。

「今、手元にあるペンの持ち主を探すのよ。聞くときは、『Whose pen is this?』ですよ。自分のだったら、『It's mine. Thank you.』自分のでなかったら、『I'm sorry. I don't know.』と言ってください。Let's start!」

パチンと先生が指を鳴らし、生徒はいっせいに立ち上がった。

「Whose pen is this?」

葉奈はまず、哲平とは反対隣の男子に声をかけた。

「アイ、ドウント、ノー!!」

その男子は、ぶっきらぼうに叫んで去っていった。

気を取り直して他の人に声をかけた。結果は同じだった。次の人も、その次の人も。葉奈を払いのけるように去っていった。最初から声をかけられないように逃げている人もいる。女子の何人かはちゃんと答えてくれたけど、数が少なすぎる。しかもみんな、「アイム、ソーリー、アイ、ドウント、ノー」だ。

「おい、まさかこれハナコのじゃねーの？」

クラスがざわざわする中、哲平がつぶやいた。手にはラメの入ったピンクのボールペンが握られている。違う。私のじゃない。

「ちがうよぉ、ハナはこんなに可愛いの持ってないしー」

理緒が言った。

「そうそう、そのペン無駄にキラキラしてるしさ、あいつのじゃないの？」

と奈々子。美望のことだ。

見回すと、教室の端《はし》の方で男子に声をかけている美望が見えた。理緒たちの声が聞こえているのかいないのか、こちらを振り向きもしない。

葉奈のオレンジ色のマーカーは、いったい誰が持っているんだろう。不安になった。せめて女子であってほしい。そして今持っているこのペンは誰のものなんだろう。だんだん辛くなってきた。灰色の、太くてごついボールペンだった。たぶん男子のものだ。どうしよう。

「Excuse me! Excuse me!」

後ろから声をかけられて振り返ると、野呂がピンクのラインマーカーを振っていた。

「Whose pen is this?」

野呂が聞いた。葉奈ははっとして、あわてて答えた。

「あ……えと……I'm sorry. I don't know.」

「OK.」

野呂が去ろうとした。

「あ、待って。……Whose pen is this?」

今度は葉奈の番だ。

「Sorry, I don't know.」

野呂が笑顔で答えた。それだけで、少し救われたような気持ちになった。

ペンの持ち主を見つけた人から席に着く。どんどん人が減っていって、二、三人になったころ、向こうからやってきた男子がズバッと葉奈の手の中のものを奪《うば》い取った。

「オレのだ、触んじゃねー」

肩の力が抜けた。

いつのまにか葉奈の机の上に、オレンジ色のマーカーが一本、コロリと転がっていた。

◇◇◇

次の時間は音楽で、合唱の授業だった。葉奈たちのクラスは、まったくまとまっていない。

「めんどいよなー。合唱とか、マジで」

男子の一人がぶつぶつ言う。まじめに歌っている男子はクラスの半分くらいだ。音楽の女の先生はみんなをまとめようとしていたけれど、空回りしていた。

女子はみんな真面目《まじめ》に歌っていたけれど、それは理緒が、「マジムカつくんだけどー」を連発していたからだった。理緒はよくわからないけれどはりきっていた。たぶん、合唱が好きなんだと思う。

「めんどい」「ムカつく」「ウザイ」……そういった嫌な声をかき消すように、葉奈は大きな声で歌った。

音楽の先生がいつも、「もっと、もっと声を出して。口は指が縦に三本入るくらい、大きく開けてね」と言っていたから。

「……マジかよー。キショイ」

列になって歌っていたとき、後ろからボソボソと声がした。

「あいつヒドイ音痴《おんち》なのに気づいてねーのかな。つられちゃって俺らが歌えねーっつーの」

哲平が葉奈を横目で見ながら、冷ややかにつぶやいた。

さーっと血の気が引いていくのが、自分でもわかった。ズキリズキリと胸の奥が痛む。

「もう一回、歌いましょう」

先生が声をかけたけれど、誰も聞いちゃいない。先生は気にすることもなく、チャララン……タタタン……とピアノを鳴らした。

けれど、前奏が終わっても、葉奈の喉《のど》からは何の音も出なかった。驚いて、一生懸命声を出そうとしても、口がパクパク動くだけだ。

（なんで？　どうして？）

歌が終わって普通に話そうとすると、いつも通り声が出た。しかし、それから何度やっても、さっきまで歌っていた合唱曲が歌えなかった。

練習曲が変わっても、相変わらず声は出なかった。声を出そうとすると喉に何かがつっかかるようで、息が苦しかった。これも〈病気〉のせいなのだろうか。

「ねー、あたし思うんだけど、ハナちゃん、全然声おかしくないよ？　ひどい音痴なんかじゃないし」

一階の女子トイレで、和泉が言った。

「うん……」

葉奈は一応うなずいた。和泉がそう言ってくれるのはうれしかったけれど、それで歌声が戻ったりはしないだろう。

「……っていうか、一番ひどい声なのはハナちゃんじゃないよ」

和泉は怖い声で言う。

「誰？」

不思議に思って聞いた。

「リオ。あいつ、はりきってるけど、音程おかしいってみんな言ってる。テツはなんだか最近リオのこと気に入ってるから、リオが音痴なことに気づいてわざとハナちゃんを悪く言ったんだよ」

葉奈はそれを聞いて少し複雑な気持ちになった。和泉の言うことが本当だとしたら、理不尽すぎる。一方で、自分の歌声がおかしいわけではないということに安堵《あんど》も感じる。でも、理緒を嫌う和泉の思い込みではないだろうか。


それから数日が過ぎても、葉奈の喉に何かがつかえたような感じはなくならなかった。歌を歌おうとすると、まったく声が出ない。音楽の時間だけではなかった。大好きだった曲も、鼻歌でさえも、ありとあらゆるすべての歌がまったく歌えなくなっている。

小華と約束はしていなかったが、公園に向かった。古いベンチに座ってぼんやりする。桜の木の葉が枯《か》れて、散り始めている。

「葉奈、どうしたん？」

小華が、いつのまにか葉奈の隣に座っていた。いつ来たのだろう。

「小華さん……私、歌が歌えなくなっちゃった」

小華が不思議そうに首をかしげる。

「歌えないって？」

「声が出ないの。歌おうとしたときだけ、声が出ない」

音楽の時間のことを思い出して、泣きそうになった。

小華の白くてきれいな手が、葉奈の手に触れた。相変わらずひんやりと冷たい手。

「歌えなかったら、べつに歌わんでもええやん。音楽の授業なんて気にせんでもええし、歌えなくても死なへんで」

小華は、うつむく葉奈の顔を覗き込むと、優しくそう言った。

不思議なことに、小華にそう言われると、それでもいいような気もしてきた。歌えなくても、死ぬことはない。そう思うと、少しだけ気持ちが楽になる。葉奈は小さくうなずいた。

夜の風が枯れ葉をひとつ落とす。葉奈が見上げると、もうそこに小華の姿はなかった。

小華の手の感触だけが、葉奈の手の中に残っていた。

◇◇◇

小華さま
こんにちは。今、何してますか？

私は暇なので、今日の出来事を話すよ。

小華さんは何でも知ってるみたいだから、何を書けばいいのか難しいんだけど。

まず、今日は運動会の出場種目を決めたよ。

私は、大衆リレーと玉入れと綱引きと、二人三脚に出ることになったよ。うちのクラスって人数少ないから、いっぱい出ないといけないんだよね。

実はその二人三脚のペアを決めるときに、ちょっとトラブルになっちゃったんだ。リオが、ミモは入れたくないって言い出したの。いつものことだけど、どうしてもミモのことが嫌いみたい。

ミモは気づいてないような顔してたけど、でも私、なんだかミモがかわいそうになっちゃった。

あと一組がなかなか決まらなかった。残っているのは、私、マコちゃん、ミホ、そしてミモ。

ミホは「ハナと組まないのは当然」みたいな顔して、マコちゃんに一緒に組もうって言った。他の人たちも、それが一番いいと思ったみたい。

だけどマコちゃんは、他にもたくさんの種目に出るから、二人三脚には出たくないって言ったんだ。マコちゃんは、人が嫌がる種目をみんな引き受けちゃうから、ほとんどの種目に出ることになっちゃってたの。

それでみんな困っちゃって、だから私、思いきって言った。ミモに、「一緒に組んで出よう」って。リオたちの前で。

リオは怒ったけれど、マコちゃんがフォローしてくれて、結局私はミモとペアを組むことになったんだよ！

うれしい！

マコちゃんも喜んでくれたし。マコちゃんにはいつも助けてもらってばっかりだもんね。

明日から練習がんばるぞ～!!

葉奈

DEAR　葉奈
そか。大変だったんやな〜。
でもやっぱりあんた、いいことしか書けへんのやな。まあ葉奈らしくて悪くはないねんけど。
ってゆーか、葉奈って意外と勇気あるんやなー。今度会ったらあたしがほめたげるわ。

FROM　小華

運動会も近づいた十月の終わり。小華からの返信メールを読んで、葉奈はごろんと部屋の隅に寝転がった。

今日の葉奈はちょっと誇《ほこ》らしい気分だった。前に小華に言われた通り、思いきって行動してみた。メールも正直に書いたつもりだ。

でももちろん、メールに書いていないこともある。小華に聞いてほしい気持ちもあるが、どうしても書けなかった。そのことを思い出すと、ざわざわ……と不安の波が押し寄せてきた。

寝転んだまま、天井を見上げる。心臓がドクドク鳴って、呼吸が苦しくなる。

今日も哲平を中心とした男子がわざと聞こえるように悪口を言っていた。バカみたいに笑って、興奮した口調で。

「ハナコさー、マジやばくない⁉」

「キモーッ！」

って、何が「やばい」のか意味不明だ。

城ヶ崎にはにらみつけられた。「見てんじゃねーよ」と。赤西には「ゴミ捨ててこいよ、ハナコ」とパシリにされた。

正直、やっていられないなあと思う。

（私って世界中の人に嫌われているんだろうか？）

グロリアがニャーと鳴いて近よってきた。

「グロリア、おいで」

葉奈は手を伸ばして、グロリアを捕まえようとした。

「にゃっ」

グロリアは身をかわして逃げた。

最近の発作はおかしい。父や母、先生、あるいはまったく見知らぬ人に対してまでも、「嫌われてる」と思ってしまう。ふとした瞬間に、「あ、今この人、私を嫌った」……と。そんなこと、あるはずないってわかってるのに。

病状が悪化しているんだ、と葉奈は思う。

「グロリアー、グロリア……」

グロリアを呼んだ。

「……」

グロリアは無言で葉奈を見ていた。

背筋がゾクッとして、恐ろしい考えが浮かんだ。

（グロリアも私を嫌いになったのかも……）

すぐさま、「バカ。グロリアは猫だよ。そんなはずないよ」と心の中で否定したけれど。

でもざわざわ感が収まらない。グロリアに餌をあげて、「ニャー」と満足の声を聞いて、やっと収まった。重症だ。もしかしたら、今日眠ったら目が覚めないんじゃないだろうか。

それでも、きちんと次の日の朝はやってきた。

のろのろと学校に行く。教室に入る。哲平とその周りの男子が、「おい、やべえよ」「マジで」と、彼らだけにわかるような言葉をすれ違いざまにささやく。毎日毎日、よく飽きないなあと思うほど。

理緒が、トイレの戸を乱暴にバーンと開けて、後ろから奈々子と美穂子がついてくる。「ちょっとー、マジムカつくんだけど！」こちらもいつもと同じ。彼女たちにしかわからない言葉を毎日飽きもせず繰り返している。

疲れ果て、帰ってくると横になり、そのまま眠ってしまって気がつくと朝になっている。

そんな毎日が延々と続いた。

◇◇◇

十一月初旬の運動会当日は、気持ちのいい秋晴れだった。朝目が覚めると、透き通るような青空が広がっていた。ひょっとしたら、今日は久しぶりに明るい一日になるかもしれないと、葉奈は期待した。

いつもより早く学校に行くと、白い体育着姿の美望が昇降口で葉奈を待ち構えていた。美望はワンポイントが入ったブランドの靴下を履いて、手首にピンクのヘアゴムをつけていた。

「おはよ、ハナちゃん。練習しよう」

二人三脚用の紐《ひも》を振り回して、とっても楽しそうに言った。

「うん」

葉奈は大きくうなずいた。美望の笑顔は葉奈をしばし安心させた。

「イチ、ニ。イチ、ニ。イチ、ニ……」

「イチ、ニ。イチ、ニ。イチ、ニ……」

二人で声を合わせて走ると、心の底にくすぐったいものがわいてきた。

「ハナちゃん、ミモ、がんばろうね！」

真琴がやってきて、葉奈と美望と、パチンと手を合わせた。

葉奈はちょっとびっくりしてしまったけれど、すごくうれしかった。こういうことには慣れていない。


「よーっしゃー！　優勝目指すぜー!!　お前ら真面目にやれよ」

白いハチマキを頭に巻いた城ヶ崎が、大声で気合いを入れてクラス中に呼びかけている。それがあまりにも似合っていなくておかしい。普段の不良ぶりとは打って変わって、運動会では正統派リーダーになるのがこの城ヶ崎だ。体育会系行事が大好きな、クラス一のお祭り男なのである。不良のくせに。

開会式の長い長い校長の話が終わり、いよいよ競技が始まった。葉奈たちの学校の運動会は一応学年対抗だけれど、毎年三年生が優勝を持っていくのが通例で、二年生の葉奈たちのクラスが勝つのはなかなか難しい。

葉奈は他の女子に交じって、綱引《つなひ》きや玉入れに出たり、騎馬戦《きばせん》を応援したりした。どの競技もことごとく三年生チームに負けた。でも楽しかった。男子たちが交代で、白い応援旗をバタバタ振っていた。

午前中の最後の種目は大衆リレー。各チーム男女十人ずつの二十人で走る。

第十二走者の葉奈の番が来たときには、すでに奇跡が起きていた。葉奈たち二年生チームが、三年生のチームを抜いてトップで走っていたのだ。第一走者の城ヶ崎や、それに続く真琴が格段に速かったのだ。

「ハナーいけー！」

「がんばってー！」

「抜かされんじゃねーぞ！」

バトンを受け取った葉奈は、あふれんばかりのクラスメイトたちからの声援を背中に受け、夢中で走った。このときだけは、誰も「ハナコ」なんて言わなかった。

葉奈はうれしくて、わくわくした。クラスが一番になることが、こんなに気分がいいとは思わなかった。そのままトップで半周を走りきって次に繋《つな》いだ。

走り終わった仲間たちに合流したあとも、葉奈よりあとの走者がまだ走っている。第十八走者はあいつ、哲平だった。哲平の番が終われば、あとは男子も女子も、一番速いランナーを残すのみ。

「テツ、走れー！」

「がんばれー！」

クラスメイトたちは次々に叫んだ。男子も、女子も。葉奈もどさくさに紛れて、「ガンバレ！」って、言った。なんとなく気恥ずかしくて、心がふわふわと落ち着かなかった。

「あっ、おい、バカ！」

誰かが、ひときわ大きな声で言った。みんなの笑顔が、一瞬で凍《こお》りつく。

哲平が膝を抱えてひっくり返っていた。白いバトンが、哲平からはるか遠く、客席の方へコロンコロンと転がっていく。

(あいつ、こけたんだ)

「抜かせるよ！」

「今だ、いけー！」

「チャンスチャンス！」

三年生チームからの声援が急に大きくわき上がった。

「おい、走れ！　早く！」

「テツ！　走って！」

口々にみんなが叫んでも、哲平があわてて立ち上がってバトンをつかんで走り出しても、もう遅かった。哲平よりずっと体格のいい三年生の走者が抜かしていく。

二年生チームはしーんと静まり返って、誰も一言もしゃべらない。ずっと後ろを走っていた一年生の走者にも抜かされて、二年生チームは最下位になった。

「テツ、あいつなにやってんだよ！」

クラスの誰かが叫ぶのが聞こえた。

大衆リレーが終わると、救護テントの方に向かって哲平が歩いていくのが見えた。足が痛いのか、ゆっくりした足取りで、少しうつむいているようだった。

◇◇◇

午前の競技が終わると、教室で葉奈はお弁当を広げた。母がはりきって作ったものだ。クラスの他の女子たちは大きな輪を作ってみんなで食べていたけれど、葉奈はむろん一人だった。

「ハナちゃん、一緒に食べよう」

美望がご機嫌でやってきて、葉奈の隣に座った。びっくりしていると、かわいらしいお弁当箱を広げながら、

「午後は二人三脚、がんばろうね」

と言う。

「うん」

葉奈は心から返事をした。

教室の後ろの方で、わーわーと騒ぎながらお弁当を食べている理緒や奈々子、美穂子たちを見た。真琴や和泉も交じっている。

理緒は、美望や葉奈のことなんか気にも留めないで、高らかに笑い声を上げていた。きっと美望はまた仲間はずれにされたのだ。そう思って美望に視線をやると、美望はタコ型のウインナーをほおばりながらにっこりと微笑んだ。その瞬間、美望はなんて健気《けなげ》なんだろうと、葉奈は心にじんとくるものを感じた。


二人三脚はさんざんだった。

葉奈と美望の番が来たときには、すでに最下位だった。

三年生だけでなく一年生にも負けていたのだけれど、二人に逆転するようなパワーはない。それでも、葉奈と美望は、練習の通りに一生懸命走った。背中に非難《ひなん》の声を受けながら。

先に走った城ヶ崎が、

「おい、遅ぇよ。亀並《かめな》みじゃねえ?」

不機嫌そうにつぶやいた。たまたま城ヶ崎の後ろにいた理緒が同意する。

「そうだよ。あいつ足合ってないじゃん」

「とろいんだよなー。基本的に」

二人は冷笑《れいしょう》した。

「相手が迷惑してるってわかんねーのかな」

声がピタリと合い、城ヶ崎と理緒は顔を見合わせた。

「だよね」

「だよな」

「あいつ太りすぎなんじゃない?」

「ガリ痩せでやっと走ってるからさ、気持ち悪いよな」

その矛盾《むじゅん》した会話は、席に戻った葉奈と美望の耳にも聞こえていた。

「ごめんね、私のせいで」

葉奈は申し訳なさそうに言った。

「違うよ、ハナちゃんのせいじゃないよ、あたしが下手くそだったんだ」

美望はあわてて手を横に振る。

葉奈はもう気づいている。城ヶ崎が「亀」「とろい」「ガリ痩せ」と言っていたのは葉奈のこと。理緒が「足合ってないじゃん」「太りすぎ」と言ったのは、美望のこと。

城ヶ崎と理緒はお互い、相手が自分と同じ人の悪口を言っていると思い込んで、共感した気になって盛り上がっていたのだ。笑ってしまう。

そのとき、葉奈はざわざわと不安がやってくるのを感じた。また発作だ。城ヶ崎の声、理緒の声、そして美望の声が鏡のように反射して葉奈に突き刺さる。

(解消シナケレバナラナイ)

という指令が葉奈に下《くだ》る。

「ごめん、リオ。私遅かったね」

理緒の背中に話しかけた。城ヶ崎ではなくて……。

理緒は葉奈のことはなんとも思っていない。美望のことを言っていたのだから。

葉奈は理緒の答えを知っていて、わざと聞いた。そうすることで不安がなくなると思ったのだ。予測通り、理緒はきょとんとして、言った。

「いや、悪いのはミモでしょ。ハナはがんばってたよ」

葉奈は「ありがとう」と言って笑った。

ズキリとした。なんて私は残酷《ざんこく》なんだ。美望が悪口を言われるのを聞いてほっとしてしまった。なんて情けないのだろう。

(ミモは仲間なのに。あんなに笑顔で話しかけてくれたのに)

ぞくぞくと、別の不安が葉奈を襲ってきた。

（私は最低だ。ミモにひどいことしちゃった。きっと嫌われた）

運動会の最後は全校フォークダンスで締める。葉奈はこれが一番苦痛だった。

葉奈のクラスは女子よりも男子の方が少し多い。だから男子の何人かは女子の列に入り、男子同士で踊る。哲平は女子列に選ばれた。哲平と踊らなくていいのは、せめてもの救いだった。

最初にペアになったのは、城ヶ崎。

「おい、マジカンベンしてよー」

城ヶ崎はおどけた調子で言った。手を繋いでもらえず、番が終わるまで適当にやりすごす。ペアが変わっても同じこと。葉奈と手を繋ぐ男子なんていなかった。客席の保護者や先生方が、

「なに？　どうしたの？　あの子……」

とひそひそ声で話しながら、ちらちらと葉奈を見ている。

両親が来ていないことは、不幸中の幸いだった。

葉奈はとぼとぼと円の周りを歩き、踊っているフリだけする。ひどく時間が長かった。

ところが、最後の方になって、ぐいっと葉奈の手を引っ張った男子がいた。ずっと

下を向いていた葉奈がびっくりして顔を上げると、野呂が無表情にダンスをしていた。唯一まともに、普通の女子と同じ扱《あつか》いで葉奈と踊ってくれた。
葉奈はうれしくてうれしくて、涙が出そうになるのを必死にこらえた。

小華さま
今日は運動会だったよ。ボロ負けだったけど、しょうがないよね。
いろいろあったけど、最後はよかった。

葉奈

DEAR　葉奈
運動会、おつかれ～。あたし、中学んとき、運動会は大嫌いやってん。
葉奈は楽しく終われたんやな。

FROM　小華

◇◇◇

期末テストも終わって、十二月になった。

その日は、この冬初めて、葉奈たちの町に雪が舞い降りた。葉奈は真琴に、「一緒に帰ろう」と声をかけた。

「わぁー!!　雪だぁ！　雪だよ！」

道を歩きながら、真琴は子供みたいにくるくる回ってはしゃいだ。葉奈も、空から落ちてくる白いふわふわしたものを手のひらに乗せて喜んだ。

「ねぇハナちゃん」

公園に差しかかったとき、真琴が何気なく言った。

「今年は年賀状、もう書いた？」

「まだー。マコちゃんは？」

「私もまだ」

「そっかー。マコちゃんに書くね」

「ありがと。ねぇ、あいつには書かないの？」

真琴はいたずらっぽい笑顔を作って言った。

ドキリとした。真琴の「あいつ」が誰だか葉奈にはわかっていたけれど、念のためとぼけた。

「あいつって？　誰？」

「誰って、テツだよ」

「……なんでそんなこと」

「一昨年《おととし》までずっと書いてたでしょ?」

真琴は何か考えがありそうに言った。

「そうだけど。でも今年はダメだって。マコちゃん、わかるでしょ」

「そんなことないよ。今年も出してみれば? いいことあるかも。じゃあ、私はハナちゃんに出すね。バイバーイ!」

葉奈が何か答えるより前に、真琴は笑って、公園の向こうに消えていった。

(年賀状……もうそんな季節になったんだ……)

小学生のころは、理緒に真琴に野呂に……そして哲平にも出していた。

真琴は意地悪や軽はずみなことは言わない子だ。それは葉奈が一番よく知っている。

だから、きっと本気で言っているのだ。

真琴を信じて、年賀状を書いてみようか。哲平に。

黒岩哲平様

明けましておめでとう。

去年は、迷惑をかけてごめん。

今年もよろしくね。

それから何日かして、葉奈は哲平あての年賀状を、他の年賀はがきに交ぜてポストに入れた。届《とど》きますようにと祈《いの》って。

坂井真琴様

明けましておめでとう。

まこちゃん、いつも私のお話聞いてくれてありがとう。

すごく、すごくうれしかった。まこちゃん大好きだよ。

山本葉奈

◇◇◇

山本葉奈様

あけましておめでとー！

はなちゃん、今年もファイトでいきましょう！

坂井真琴

新年最初の朝、手描きのかわいらしいイラストがいっぱいの年賀状を見て、葉奈は感激した。何度も何度も、手に取って読み返した。葉奈宛《あ》てに届いたのは、その一通きりだった。

二、三日して、和泉からも届いた。あいつから返事が来るはずないってことくらいとっくにわかっていたので、待ってもいなかったし、さほどショックも受けなかった。

◇◇◇

「葉奈って、意外と勇気あるな」

息が白くなる夜の公園で、小華は笑った。

「でも、きっと意味ないよ」

小華は、いつもと同じ紫色の薄い長袖のブラウスを着ている。上着もなくて、さすがに寒くないのだろうか。

「そんなことないよ。ぜったい、葉奈の想《おも》いはテツに届く」

「そうかな?」

「葉奈のクラスのやつらってさ」

「何？」

「いばっとるけど、根は気が弱くておとなしいやつらばっかりやん」

小華がにっこり微笑みかけた。

葉奈がちょっとおどけたふうに、

「まーた、小華さん。見たことないのにどうしてわかるの？」

と言うと、

「あたしは何でも知っとるって、前言うたやん」

小華は笑って、バンと葉奈の背中を叩いた。お笑い芸人がよくやるみたいに。

「ねえ葉奈、人生を一からやり直したいって思うたことある？」

少しの沈黙《ちんもく》のあと、小華は急に真面目な顔になってそんなことを言い出した。

「そりゃ、いつもそう思ってるけど。そんなことできないでしょ？」

「できる方法があるんや。一個だけ」

小華は少し表情を崩《くず》して答えた。

「何⁉　どんな方法⁉」

葉奈は声を上げる。

「〈リセット〉。心ん中、空っぽにするんや。今まで起こった、いいこと、嫌なこと、全部忘れる。恨《うら》みとか、怒りとか、全部忘れて、全部の人と初対面の気持ちになるんや」

「初対面の気持ち……？」

「そうや。みーんな初めて会《お》うた人。知らない人って思い込む。それがリセットや。最初は上手《うま》くいかないかもしれへん。辛い気持ちを思い出してしまうこともあるやろう。そのたびに、何回も何回も自分に言い聞かせるんや。『私は生まれ変わった新しい自分。ここにいるみんなは初めて会《お》うた人たち』って」

「……」

「だんだん慣れてくる。そしたら話すときも緊張しなくなる。葉奈の病気も、きっとよくなるはずや」

葉奈の目をまっすぐ見て言う。

「そんなこと、できるわけないよ」

葉奈は軽く笑ってみせた。

「そんなに簡単にできるもんやないけど、葉奈ならできるような気ぃするんや」

小華はときどき、不思議なことを言い出す。けれども、それが妙な説得力を持っていて、いつも葉奈の心を動かしてくる。

「誰にでもできることやない。大人になればなるほど、持っているものが多すぎて捨てきれなくなるからな。でも、葉奈ならきっとリセットできる」

小華は優しく微笑んだ。

「すぐには無理や。決行する日まで何日か、おとなしく休んでなあかん」

「決行って……」

葉奈は小華の言い回しがおかしくて、また笑った。

「どうや？　リセット……やってみるか？」

子どものころから知っているクラスメイトを、どうやったら初めて会った人って思えるんだろう。そんなこと自分にできるのだろうか。

（でも……、この生活が変わるのなら、やってみる価値はあるかもしれない）

「小華さん、私、やってみたい……！」

「よし！　決行は一月八日、始業式な。それまでは落ち着いて過ごすんやで。余計なことは考えちゃあかん。ほな、おいで」

小華は葉奈を招きよせると、葉奈の頭に冷たい手のひらを乗せて、静かに目を閉じた。

「葉奈も目、つぶって」

葉奈が目をつぶると、スーッと頭が冴えていくような、不思議な心地がした。今まで起きたいろんな出来事、哲平に告白したこと、理緒に言われた悪口、クラスのみんなから汚いもののように避けられていること、担任の佐伯が取り合ってくれないこと、父と母のこと……次から次へ頭を巡《めぐ》って、そして消えていった。

「はい、リセット完了」

小華が葉奈の頭から手をどけた。時間にしたら数秒だったかもしれない。でも葉奈には、長い時間のように感じた。

目を開けると、小華が優しい笑顔を向けていた。

なんとなくだけど、世界の色が変わった気がした。

第三章　リセット

　三学期の始業式の朝も、雪が降りしきっていた。今日は一月八日、リセット決行の日だ。

　小華に言われたことをひとつひとつ思い出しながらゆっくり歩いていると、真琴の声が聞こえてきた。

「ハナちゃーん、おはよう！」

　道の向こうから大きく手を振っている。

「マコちゃん、おはよう！」

　葉奈もはにかんだ笑顔を見せた。

「ねぇマコちゃん」

「なに？」

　駆け寄ってきた真琴に、葉奈は少しとまどいながら言った。

「私ね、リセットしたの」

「へ？　何を？」

　真琴はきょとんとしている。

「今の私は新しい私で、前の私じゃないの。何もかもが初めて見るもの、初めて出会う人なの。だからマコちゃんは私の友達一号」

　まっさらで、何も汚れていない、傷ついていない、子供みたいな心で。

　真琴は少し考えるような素《そ》ぶりを見せたあと、にっこり微笑んで返した。

「よくわからないけど、私はハナちゃんの友達一号なのね。ありがとう。うん、なんかハナちゃん、今までと表情が違うね」

「ありがとう。一緒に学校行こう」


　始業式の日は、毎年決まって書《か》き初《ぞ》めをする。今年の課題は、「新しい世界へ」。葉奈は用紙を広げて、大きく書いた。

　葉奈の斜《なな》め前で、美望がくるりとした丸文字を書いているのが見えた。習字道具入れがキラキラとデコレーションされている。

（この子は、初めて会った子なんだ）

　葉奈は自分に言い聞かせた。

「かわいい習字ケースだね」

美望が後ろを振り向く。

「そうでしょ！　昨日がんばってラインストーンのシール貼ったの！」

美望が楽しそうに笑う。美望の笑顔にホッとして、何かがうまくいったような達成感を感じた。

帰宅すると、葉奈はバタンと畳に倒れこんだ。リセット一日目がなんとか終わった。

（小華さんが言ったようにできてたかな）

相手にとっては自分は山本葉奈だし、初めて会った人として接するのはなかなか難しい。でも、葉奈なりにがんばったし、美望と習字道具入れの話をしたときはけっこう上手にできたんじゃないかと思う。

それにしても疲れた。久しぶりに学校に行ったこともあって、身体がクタクタだ。

ゴロリと寝転んで、今日一日を思い出す。……今日は何か変な一日だった。真琴や美望と話をして、理緒が美望の悪口を言うのを軽く受け流して、佐伯が怒鳴るのを横目に見て、一度発作を起こしかけて……。二学期と同じ日常が繰り広げられているのに、何か空気が違った。リセットをしたからだろうか。いや、それだけではないような気がした。何かがいつもと違うような……。

「これがリセットっていうことなのかな。グロリア」

葉奈はグロリアをぎゅーっと抱きしめた。グロリアはグルグルと喉を鳴らしている。

一人と一匹はそのまま眠りに落ちた。変な感じのことは忘れてしまった。

次の日は席替えをして、隣の席が哲平から城ヶ崎へ替わった。

城ヶ崎の机には、鉛筆《えんぴつ》で何かよくわからない落書きがいっぱいしてある。葉奈はそれを不思議そうに見ていた。

今までさんざん恐ろしい目に遭《あ》わされてきた城ヶ崎だけれど、今日は何も先入観なしに話しかけてみよう。

「それ、何が書いてあるの？」

勇気を出して、笑顔を作って話しかけた。「この人は初対面の人なのだ」と意識して。

「あ？　バンドの名前と、そのメンバーだよ。あと曲と。知らねーのか」

「うん、知らなかったよ」

「しょうがねぇなぁ。カッコイイだろ？　俺、このバンド好きなんだよ。お前も覚えな」

意外にも城ヶ崎は、いたずらっぽい笑顔を返してきた。

葉奈の緊張がほどけた。まさか、城ヶ崎が返事を返してくれるとは思わなかったのだ。

「城ヶ崎君！」

授業開始のチャイムが鳴ると、理科担当の竹本が教室に入って挨拶するなり、一番前の席の城ヶ崎に声をかけた。

「なんすか⁉」

城ヶ崎が漫画《まんが》のワンシーンみたいにおどけて見せた。

「『なんすか⁉』じゃないよー。もう、机にこんな落書きして。消すよ」

竹本は本気で怒るでもなく、冗談《じょうだん》でも言うみたいに明るく言って、消しゴムで城ヶ崎の机をゴシゴシこすった。

「あー、せっかくの俺の力作が‼」

と城ヶ崎。竹本が教壇に戻ると、城ヶ崎は筆箱から黒の油性ペンを取り出して、それでまた落書きを始めた。

竹本が振り返る。

「こら！　ペンで書くんじゃない！」

葉奈は思わず噴《ふ》き出した。城ヶ崎と竹本のやりとりは、まるでコントのようだった。

（あんなに嫌だった城ヶ崎でも、こんなにおもしろく見えるんだ！）

感動した。まるで世界が回転したように感じた。

（城ヶ崎だって怖くない。すべて忘れてやり直すっていうのは、こんなに素敵なことなんだ！）

リセットってすごい！

◇◇◇

始業式から四日が過ぎた日。三時間目に体育があった。

「今日から卓球をやるぞ。まず班分けをするから、経験者はこっちに来い。他の人はくじを引いて」

ガサツで体格のいい体育の先生が、大声で言った。

「先生！」

誰かがピンと手を挙げた。

「なんだ？」

「卓球って個人戦なのに班作るんですか？」

「ああ。台があんまりないから、練習するグループを作るんだ。教えあった方がいいしな。早く引け」

と先生。みんながぞろぞろと出ていって、紙切れのくじをつかんで、

「あたし二班」

「俺四班」

とざわざわ言い出した。

葉奈がそっと紙切れを開いてみると、「3」と書いてあった。

「引いたら並べー！　班長を決めろよ。一班このへん。二班こっち……」

先生が大声で指示を出している。

葉奈は三班の列に並んだ。リセットしたとはいえ、こういうグループ分けの瞬間はやっぱり嫌だ。誰と一緒になるんだろう。何か言われるに違いない。

やがて次々と他のメンバーが集まってくる。葉奈の班は男子ばかりだった。黒岩哲平がいた。

葉奈は次に起こること、彼らが取るだろうリアクションを想像して、頭がくらくらした。ヤバイ。絶対何か言われる。どうしていつもこうなんだろう？

予想通り、隣の班の一樹がにやにやしている。

「うわっ最悪ー！　テツ、ドンマイ」

葉奈に視線を向けながら、哲平に言った。

ところが哲平は、ぎろりと鋭い目を、葉奈ではなく一樹に向けた。

一樹は哲平の反応がいつもと違うことにたじろいだ。哲平は一樹をたしなめるように、小さく首を横に振る。

他のみんなは何が起きたのかわからずに、ぽかんとした。葉奈も同じだった。哲平の今の行動は、葉奈のクラスの常識では考えられなかった。一樹の放った言葉が行き場をなくして、宙《ちゅう》ぶらりんになっている。葉奈は頭にクエスチョンマークをいくつも並べながら、ぼーっとしていた。

哲平はそんな周囲を無視して、葉奈に向かって、

「班長決めるから来て」

低くて不機嫌そうで照れくさそうで、それでいてよく通る声で言った。

葉奈はあわてて哲平たちの輪の中に入った。

まだ何が起こったのかわからない。ただ、それが今までと違っていることだけは確かだった。

体育の授業が終わっても、葉奈はまだぼんやりと考えていた。頭の中でいろいろな思いを巡らせていると、なんとなくひとつの答えにたどりついた。

(あの年賀状はちゃんと哲平に届いたんだ！)

返事はちゃんと返ってきていた。無言の行動で。

始業式の日から感じていた変な感覚の正体もわかった。今まで毎日毎日続いていた哲平の悪口が止まったのだ。恐怖心から警戒し、常に聞き耳を立てていたのだから間違いない。

葉奈の書いた数行の文章を、哲平がどんな気持ちで受け取ったのかはわからない。

今まで何を考えていじめていて、今はどうして変わったのか、それは哲平にしかわからない。だけど、葉奈の何かが哲平に届いたことは絶対だし、二人の関係は明らかに変化したのだった。

　葉奈は、今にも飛び上がりそうなくらいうれしかった。

◇◇◇

「こんなにストレートな方法でうまくいくとは思わなかったよ。これもリセットの効果なの？」

　夜の公園で、葉奈は半分あきれて、半分喜んで小華に話した。

「いや、それは葉奈の力や。勇気出してよかったな。そんなストレートな方法、今まで試したことなかったやろ」

　小華は優しく微笑んだ。

「案外、誰も気づいてへん。気づかんままで、そんなことしても無駄や、余計いじめられるだけやって言う。やってみたら違ったんや。少なくともその、テツって子は」

「うん」

　葉奈は本当に誇らしい気分だった。

「これはマコちゃんが考えてくれて、私に教えてくれたんだよ」

「そうやったな。でも、そのテツって子の変化を素直に受け止められたのは、リセットのおかげでもあると思うで」

「そっかー。うん、そうかもしれないね。小華さん、私、リセット続けてみるね」

葉奈が笑うと、小華も笑った。

哲平は新学期から二週間経っても、一度も葉奈の悪口を言っていない。仲良くしてくれる、ということでもなかったけれど。卓球の班決め以来しゃべっていないが、それでも十分だった。哲平の小さな変化に気づく人は、ほとんどいなかった。

リセットをしても、葉奈の周りはさほど変わらない。哲平が言わなくても、葉奈の悪口を言う人間はまだいる。

相変わらず城ヶ崎や芝浦などにはバカにされ、理緒ににらみつけられ、美穂子や奈々子に軽蔑《けいべつ》され、みんなから無視された。掃除のとき、葉奈の机を運んでくれる人は誰もいなかった。でも、できるだけ気にしないようにしていた。「私は新しい自分」、そう言い聞かせた。それでもやっぱり発作は起こる。自分の心と闘う毎日だ。

◇◇◇

一月も下旬になった、ある日の休み時間。場所はやっぱりトイレ。

葉奈が一人でいると、ガラガラガラ……と戸が開いて、理緒が奈々子と美穂子を引き連れて入ってきた。

「ねえハナ、マラソン大会のときさぁ、お昼一緒に食べよう」

理緒はにっこり笑って葉奈に言った。毎年冬に行われるマラソン大会が、今週末に迫っている。

「え？　なんで？」

葉奈は思わず聞き返してしまった。

マラソン大会は土曜日に行われるから、お弁当がいる。運動会のときと同様に、女子は輪になって食べる。でも葉奈はその仲間には入れないものと思っていた。理緒からこんな誘いが来るなんて、小六以来のことだった。

「なんでって……たまにはいいかなと思って」

理緒はにっこり微笑んだ。久しぶりに見る、葉奈に向けられた理緒の笑顔だった。だけどそこには、どことなく意地悪な笑いが含まれているような気がした。

「もちろん、ナナも一緒だよ。ねー」

「ミホもねー」

奈々子と美穂子もにこやかに笑った。理緒と手を繋いでいる。

「あとね、マコちゃんとか他の子も誘ったから。楽しみだね」

明るく、だけど何か含みのある言い方。葉奈はピンときた。美望を仲間はずれにしようとしているんだ。間違いないと思った。ところが、

「そうそう。ミモも呼ばなくっちゃね。これで……一、二、三、四……、十一人か」

わざと言っているようなセリフだった。美望も入れるということは、いつもとは違うということだ。しかし、クラスの女子は十二人。理緒は「十一人」を強調して言った。

「誰を……入れないの？」

葉奈はおそるおそる尋ねた。

「あいつだよ。わかんない？　イズミ」

「なんでイズミちゃんを……？」

「あいつ、ムカつくんだよ。陰でこそこそあたしの悪口言ってた。ハナのことだって言ってるよ、知ってるでしょ？　それでいて本人の前ではイイ顔するんだ。男子とか先生の前ではいい子ぶってるし。ムカつくからこらしめてやるんだよ、一人にして。あいつ、一人は嫌いだから」

理緒はボソボソと低い声でつぶやいたあと、また作ったような笑顔になって、

「じゃあね、土曜だよ。よろしくね、ハナ」

と廊下へ出ていった。

「うん！」

葉奈はあわてて返事をした。一緒にお昼が食べられるのは純粋《じゅんすい》にうれしい。だけど、してはいけない返事をしてしまったような気がした。

次の日葉奈は、和泉から手紙をもらった。

「あとで、あとで読んでね」

と和泉が言うので、葉奈は不思議だった。家に帰ってから手紙を開けた。

はなちゃん
　ごめんね、突然お手紙して。
　マラソン大会のとき、一緒にお弁当食べようよ。
いずみ

葉奈は胸が痛んだ。発作ではなく、正当に。どうするべきか、悩んだ。

「一緒にお弁当食べよう」なんて、しばらく言われていない。

るそれが、二人に誘われるなんて。

どうしよう？　和泉は手紙まで書いて誘ってくれている。でも理緒とまた仲良くなれるかもしれないチャンスを逃したくない。それに、もし理緒の誘いを断って和泉と一緒に食べたら、理緒はどんな顔をするだろうか。
悩んで、悩んで、和泉に返事を書いた。

いずみちゃん
ごめん。りおと、もう約束しちゃったんだ。せっかく誘ってくれたのに、ごめん。
マラソン大会、がんばろうね。
葉奈

良心が痛むのを、精一杯無視した。こうするしかないと思った。
翌日この手紙を和泉に渡すと、放課後になってまた手紙が来た。今度の手紙にはこんなことが書いてあった。

はなちゃん

何度もごめん。でも、みんなにお昼断られちゃって、いずみ一人になっちゃうから、どうしても一緒に食べてほしいの。

お返事、ちょうだいね。　　　　　　　　　　　　　　　　　　いずみ

葉奈は、ズキズキと心が痛むのに、耐《た》えられなかった。

そのとき、ひとつのアイデアが浮かんだ。

こんなことできるのだろうか。理緒にばれたら何を言われるだろう。でも、このままにはしておけない。

（大丈夫、私はリセットしたんだから）

いずみちゃん
じゃあさ、みんなで食べよう。
女子全員っていうのも、たまにはいいよね。　　　　　　　　　葉奈

はなちゃん
　ありがとう！　助かった……。
　だけど、そんなことできるの？　りおはきっと怒るよ？
いずみ

いずみちゃん
　なんとかするよ。だいじょうぶ。
　土曜日、楽しみにしてるね！　バイバイ。
葉奈

◇◇◇

「うん。つまりハナちゃんが言いたいのは、みんなで集まって食べるときに、強引《ごういん》にイズミちゃんも入れちゃおうと？」

帰り道、真琴は声をひそめて言った。葉奈は一連のいきさつを真琴に話した。

「うん。私とマコちゃんで『おいでよー』って呼んじゃうの。どさくさに紛れて」

葉奈は自分の計画を話した。

「当日までリオには内緒にしておいて、そのときに不意打ちしちゃうってこと？」

　真琴は確認するように聞く。

「そうだよ」

　葉奈は得意げに言った。真琴が何も言わないので心配になってくる。

「ダメ？　マコちゃんはやってくれない？」

　真琴はあわてて顔の前で手を横に振る。

「ううん。私はもちろんいいよ。私も、そういう……一人だけ仲間はずれみたいなことしたくないし。だけど……」

「だけど？」

　なんだか真琴らしくないと思った。真琴だったら、ふたつ返事で引き受けてくれると思ったのに。

「ハナちゃんがそこまでする必要あるのかなって。ハナちゃん、知らないかもしれないけど、イズミちゃんは陰では平気でハナちゃんの悪口言うよ。それなのに自分が困ったときだけ頼るなんてずるいと思う」

　真琴は申し訳なさそうに、ひとつひとつゆっくり話した。葉奈の顔色をうかがいながら。

「知ってるよ。イズミちゃんが、私の悪口言ってること。みんな言ってるし、直接聞いたこともあるよ。でもね、私、リセットしたの。だから私は、今のイズミちゃんだけを見る。イズミちゃんは、電話も手紙もくれる大事な友達なの。もちろん、マコちゃんには負けるけどね」

リセットとは、すべてを忘れるということ。忘れるということは、すべてを捨てるということ。葉奈はもともと、何も持っていなかった。友達も、自分も、幸福も、感情も、あらゆるすべてのものをなくしていた。今さら取っておくものなんか何もない。捨てたものもたいしたものじゃない。

すべてをなくして、いったんゼロにして、そこからまた拾い集めていくのだ。なくしたものはまた拾い、新しいものを得ていく。そんな感覚なんじゃないだろうか。

「わかった。じゃあ、協力させてもらうね」

真琴は、背の低い葉奈を見下ろして、にっこりと微笑んだ。

小華さま

今週末の土曜日に、マラソン大会があるの。

リオが、お弁当の時間にイズミちゃんを仲間はずれにしようとしてる。

イズミちゃんから相談されて、私はひとつの計画を実行しようとしているんだ。

それは、当日までリオには内緒にしてて、マコちゃんとふたりで、イズミちゃんも仲間に入れちゃうって作戦。

うまくいくかな。

葉奈

DEAR　葉奈
それはいい作戦やな。
大丈夫、葉奈ならきっとうまくいくで。応援してる。

FROM　小華

◇◇◇

マラソン大会の当日は、とても寒く、よく晴れていた。午前十時に全学年の男子がいっせいにスタートして、その三十分後に女子がスタートする。凍り付くような寒さの中、葉奈は走った。

葉奈の前には理緒が走っているのが見え、少し後ろに和泉がいた。

コースを回って学校へ戻ってくると、ゴールの付近に先生たちがいるのが見えた。

「……九、十、十一、十二……」

ガサツで体格のいい体育の先生が、順位を付けていく。葉奈は十一位でゴールした。女子四十人中の十一位は、悪くない。

(気持《い》ちいい……!)

凍てつくような寒さだったけれど、走りきることができて爽快だった。


それからしばらくして全員がゴールして、教室へ帰ってお弁当を食べることになった。いよいよそのときが来た。

「ミモ、ハナ、こっちー」

理緒がわざとらしく呼んだ。理緒のそばには、奈々子と美穂子をはじめ、クラスのほとんどの女子が集まっている。

「このへんでいいよね? 座れるかな?」

美穂子が言った。

「今日寒かったね、早く終わってよかった!」

美望の明るい声。久しぶりに女子の輪の中に入ったからか、美望はうれしそうだ。

教室の端で、お弁当の包みを持ったまま、和泉が所在《しょざい》なげに立っている。こちらをチラチラと見ているのがわかった。

(今だ)

葉奈は真琴に目配《めくば》せした。真琴がうなずく。

「イズミちゃんも、こっちにおいでよ」

「一緒に食べよう」

葉奈と真琴は、同時に和泉に声をかけた。和泉は、一瞬とまどったように見えたけれど、すぐに笑顔になった。

「ありがとう、ハナちゃん、マコちゃん！」

「え、ちょっと待ってよ！」

理緒が何か言いたげに葉奈たちの方を見たが、真琴が振り向き、理緒ににこっと笑うと、理緒はそれ以上何も言うことができず、仏頂面《ぶっちょうづら》で奈々子の隣に腰を下ろし、お弁当を広げた。


お弁当のあと、表彰《ひょうしょう》式が行われ、下校の時間になった。まだ昼過ぎだというのに、雲が出てきて空は薄暗い。

「ハナちゃん」

正面玄関を出たところで声をかけられた。和泉だった。

「ハナちゃん、本当にありがとう。今日は助かった」

「いいよ、気にしないで」

「あの、ハナちゃんごめんね。あたし、ハナちゃんがいないときにハナちゃんの悪口言ってた。掃除のときに、テツの机から離して机を並べたのもあたしなの」

和泉は目を潤《うる》ませていた。

「みんなに合わせないと、今度はあたしがやられるかもって思ったんだよ。怖かったんだ。ハナちゃんがターゲットになっていれば、あたしは安全だって思ってた……」

「……うん」

葉奈は和泉をまっすぐ見て、うなずく。

「あたしがそうしなくても誰かがやるって思ってた。ハナちゃんはあたしがしてることをわかってくれるんじゃないかとも思ったよ」

和泉の目から涙がこぼれ落ちる。

「でもね、ハナちゃんのことは本当に友達だと思ってるの。こんなことしておいて何言ってるのって感じだけど……それは本当なの。ごめん、ごめんねハナちゃん」

「……わかってるよ。泣かないでイズミちゃん。ちゃんと話してくれてありがとう。寒いから、帰ろう」

灰色の空から、雪の欠片《かけら》がひとひら舞い降りた。

小華さま

マラソン大会が終わったよ。

私は全校女子の四十人中、十一位。けっこうがんばったでしょ？

体育は苦手なんだけど、マラソンだけはなぜかあんまり遅くない。

たぶん痩せてて身体が軽いからだと思う。ちょっと気分がいいな。

そうそう、お弁当のときの作戦は大成功だったよ。

リオは「なんで？」って顔してたけど、「ムカつく」とは言わなかったし。

（あとで言ってたかもしれないけど）

イズミちゃんはマコちゃんたちと普通におしゃべりしてて、楽しそうだった。

私は、すごく誇らしい気分だったよ。

葉奈

DEAR　葉奈

十一位、すごいなぁ。イズミって子のことも、ほんまよかったなぁ。

やっぱり葉奈は、リセット向いてるよ。

FROM　小華

マラソン大会も終わり、みんななんとなく気が抜けてしまったような、たんたんとした毎日が過ぎていた。

そんな、小雪が舞う一月の終わりのある日。掃除の時間。

相変わらずクラスメイトたちは葉奈の机に触れず、葉奈の席がある列の机だけが運ばれずに残っていた。ずきり、と胸が痛む。発作だ。

葉奈は、床を箒《ほうき》で掃《は》いていた。全部掃き終わったら自分で机を運ぼう。そう思ったとき、驚くような光景を目にした。哲平が葉奈の机を運んでいたのだ。嫌がる素ぶりも見せず、他の机を運ぶときと同じように、両端をしっかり持って運んでいる。

（うそ。信じられない）

夢でも見ているかのような気分。

教室を見回してみたが、みんなそれぞれ掃除に励《はげ》んでいて、哲平を見ている人は誰もいない。

哲平の小さな変化に気づいた人は、誰もいなかった。

◇◇◇

二月に入った、ある日の放課後のこと。

「きゃーーーーーーっ!!」

葉奈と真琴が帰ろうとしていたとき。穏やかな午後を引き裂くように、甲高い悲鳴《ひめい》が聞こえた。

声のした方——昇降口へ、走った。

靴箱の前で、理緒が呆然《ぼうぜん》と立ち尽くしている。理緒のそばには、奈々子と美穂子もいた。

「どうしたの?」

真琴が声をかけた。

理緒は何も言わず、震《ふる》える手で白い一枚の紙を差し出してくる。

四人はいっせいにその紙を覗き込んだ。そこには黒のボールペンで、殴《なぐ》り書きみたいな乱暴な文字が書かれていた。

　桜井リオ

　お前、うぜえんだよ。消えろ。死ね。

真琴、奈々子、美穂子、葉奈は、目を見開いて押し黙った。

理緒はその場で泣き崩れる。

「死ね」という言葉が、ナイフのように葉奈の心を切り裂いた。まるで自分が言われたかのように。まずい、発作が起こる。葉奈はバクバクと騒ぐ心臓を必死に落ち着かせようとした。

「いったい誰がこんなひどいことするの⁉」

美穂子が叫んだ。

「リオ、大丈夫だからね」

真琴が理緒の後ろに回って、背中をさすった。

「先生のところ、行こう。ちゃんと話した方がいいよ。立てる？」

真琴は理緒の身体を起こすと、手を引いてゆっくり歩いた。

「みんなは先に帰っててていいよ。リオには私がついてるから大丈夫」

真琴の手も震えている。それでも、落ち着いた声で言った。

葉奈はぼうっと立っていたけれど、はっと我に返った。真琴はこういうとき、すぐに行動できてすごいなぁと思った。

それから、重い空気の中を帰った。途中まで奈々子や美穂子も一緒だったけれど、誰も何もしゃべらなかった。

次の朝、緊急《きんきゅう》学級会が開かれた。

「みなさんの中に、こういう手紙を他人の靴箱に入れた人がいるはずです。名乗り出なさい。そうでなければ、絶対に私が見つけますからね」

佐伯が決めつけるような態度で言った。犯人がこのクラスの人だとは限らないのに、やっぱり佐伯はどこかずれている。それに、葉奈が相談したときは無視したくせに、すごい変わり身だ。理緒が女子のリーダー格だからだろう。

佐伯は理緒の名前を伏《ふ》せていたけれど、もうみんな知っていた。その日の朝、理緒は教室に姿を見せていなかった。


一時間目が終わったあとの休み時間、葉奈はトイレに行った。

ガラガラガラ……。

戸を開けると、床に人がうずくまっている。

「わぁ、びっくりした！」

葉奈が本当に驚いて声を上げると、その人も顔を上げた。理緒だった。いつのまに学校に来ていたんだろう。理緒は泣いていた。

「……リオ……平気？」

葉奈がおそるおそる声をかけると、理緒はコクリと力なくうなずいた。

葉奈は理緒の隣の、あんまりきれいじゃない床に腰を下ろした。

「ハナ……。あいつだよ、こんなことやったの」

理緒が、低い、かすかに聞き取れるような声でつぶやいた。

「あいつって?」

「ミモ」

「ミモはそんなことする子じゃないよ」

「じゃあイズミか」

「イズミちゃんもそんなことしない」

「みんなさ、みんなあたしのこといい気味だって思ってるんでしょ?」

「なんでそんなこと……」

「だって……」

消え入りそうな声でそう言って、うつむいているその女の子は、とても小さくて、弱くて、おびえていて、いつもいばり歩いている理緒なんかじゃなかった。

葉奈はぱっと立ち上がって、理緒の前に手を差し出した。

「行こう、教室。みんな待ってるよ」

理緒はコクリとうなずくと、葉奈の手をつかんでゆっくり立ち上がった。

「ハナ、どうしてアンタはあたしに親切にするの?」

その言葉は、葉奈の中にしんと沁《し》みこんでいった。

「だって、小学生のころ約束したでしょ。私たち、ずっと友達でいるって」

葉奈はにっこり微笑んだ。

◇◇◇

犯人が見つからないまま数日が過ぎた。

その時間は美術の授業で、ポスターの下絵を描くことになっていたけれど、生徒たちは自由に動いたりおしゃべりしたりしていた。校舎の南側にある美術室は日当たりがよく、真冬なのに日差しが暖かい。

葉奈は、ふと気になって理緒の方を見た。理緒は一人でぽつんと椅子に座って、下を向いている。暗い顔をしていた。泣いてはいなかったけれど。

最近——あの手紙の事件以来、理緒はときどきこんな顔をしている。そういうときでも、葉奈が話しかけると必ず笑ってくれた。

「リーオ」

葉奈は理緒の席の近くに行って、明るく、やわらかく声をかけた。

「……ハナ……」

理緒は暗い表情のまま葉奈の方に顔を向ける。

「見ーて見て」

葉奈はわざと子供っぽく言って、理緒のスケッチブックに落書きをして見せた。葉奈が描いた鼻の長いキリンの絵を見て、理緒はクスッと笑って、自分も描いた。しばらく二人でふざけていた。

「……ねぇハナ、あたしここにいたくないよ……」

理緒が恐ろしく低い声を出したので、ドキリとした。

「どうして？」

「保健室、行きたいんだけど連れてってくれない？」

甘えたような目で、理緒は葉奈を見た。

「うん。一緒に行こう」

正直に言うとちょっとうれしかった。理緒が自分を頼ってくれるんだなって。理緒が苦しんでいるのに「うれしい」っていうのはちょっと不謹慎《ふきんしん》だけれど。

美術の先生に許可を取って、二人は廊下に出た。

授業中の廊下はしんと静まり返っていて、陽の光が差しこんで明るい。なんだか授業をサボって悪いことをしているような気分だ。理緒と繋いだ手はほんのり冷たくて、気持ちよかった。

「熱はないみたいだけど、風邪かしらねぇ？」

保健の先生は優しい声でそう言った。

「じゃあちょっと休んでいく？」

理緒がコクッとうなずく。理緒は静かで、生気《せいき》がなくて、人形みたいだった。

「山本さんはもう教室に帰って、授業を受けてね」

先生は理緒の背中をそっと支えながら葉奈に微笑んだ。

「ハナ」

そのとき、理緒が小さな声で呼んだ。

「何？」

「スケッチブック。あたしの机の上に置いてあるの、見て」

そのまま理緒はカーテンの奥に消えていった。

美術室に戻って、言われた通りに理緒のスケッチブックを開く。

（なんだろう？）

葉奈と理緒が落書きをした前のページに、理緒の字で何か書いてあった。

ナナやミホがあたしに話しかけてくれない。

みんなであたしを無視して楽しそうにおしゃべりしてる。

ミモが一番ひどい。あたしの方見て笑ってる。

葉奈は黙ってそれを読んだあと、しばらく固まって考えていた。最近葉奈は理緒を気にして見ていたけど、奈々子や美穂子や美望に対してそんなふうに感じたことはない。ここに書いてあることは理緒の思い込みだ。

葉奈はスケッチブックの真っ白なページを開いた。

リオ大丈夫？　心配してるよ。

たぶん、みんなどうしたらいいかわからなくて、そっとしておいてくれてるんだよ。

私も教室にいたくないって思ったことはあるよ。っていうかこの間までは毎日そう思ってた。あいつのせいで（あいつってミモじゃないよ。男子だよ）。

でも、今はあいつのこと嫌いじゃないよ。だから、リオもきっと大丈夫。がんばってって言いたいけど、あんまりがんばりすぎないで。早く元気になってね。

葉奈より

すぐに消せるように、鉛筆で薄く小さい字で書いた。一言一言考えながら、言葉を選んで書いた。

　授業が終わる鐘《かね》が鳴るのを待って、葉奈は美術室を出て廊下を駆け抜けた。理緒のスケッチブックをしっかり手に持って。

　ガラガラ……と保健室の戸を開けると、理緒は一人で椅子に座っていた。

「リーオ。大丈夫？」

「うん」

　さっきよりは元気そうだ。

　葉奈はスケッチブックを「はい」と渡した。理緒は何も言わずにそれを受け取って、パラパラとめくり、真新しい文字を見つけ、葉奈の顔を見た。そして、何も言わずにそれを読んだ。ほんの少し、笑ったみたいだった。

「ありがとう、ハナ。もうひとつだけお願いがあるんだけど、聞いてくれる？」

「うん。もちろん」

「竹兄呼んできて。竹兄と話がしたい。佐伯は絶対にイヤ。お願い、竹兄を呼んできて」

　小さな声で、理緒はそう言った。なんで竹本先生なんだろう、と思ったが、

「うん。じゃあ呼んでくるね」

　と答え、葉奈はパタパタと階段を上って二階の職員室へ向かった。

葉奈が竹本を見つけて事情を話すと、竹本は生活ノートをチェックしていた手を止め、階段をバタバタと駆け下りていった。

「山本さんは教室に戻ってなさい」

走りながら振り向いた竹本が言った。

「先生が廊下走っていいのかよ」

後ろから低い声がして振り返ると、城ヶ崎がいた。急に声をかけられ、葉奈は一瞬驚いた。

「あいつ、桜井、そんなに具合悪いのか？」

「うん……。でも大丈夫だと思う」

「あそ」

そのまま城ヶ崎は階段を下りていった。カバンを肩に引っかけているから、きっと早退するのだろう。

理緒と一緒にいるようになってから、城ヶ崎たちが普通に話しかけてくるようになった。それは理緒が一緒のときか、今のように理緒に関係するときだけなのだけれど、男子に話しかけられるというのはやはり奇妙なものだ。でも、人間なんて案外単純なものなのかもしれない。

葉奈は、竹本が下りていった方を眺めた。竹本には戻るように言われたけれど、どうしても気になるので待つことにした。

階段に座りこんで待っていると、四時間目が半分ほど過ぎたころ、竹本が一人で上ってきた。理緒のスケッチブックを抱えている。

「山本さん！　教室に行くように言ったでしょ。授業は？」

「ごめんなさい。リオは？」

葉奈はあわてて立ち上がった。葉奈は四時間目の授業をだいぶサボっていたけど、竹本はそんなに怒っている様子もなかった。

「うん……。桜井さんはね、ちょっと情緒《じょうちょ》不安定っていうか……そういう感じだね。情緒不安定って意味わかるかい？」

子供に話しかけるように、竹本は言った。

「わかります」

それはたぶん、葉奈の言うところの病気と同じものなのだと理解していた。理緒は発作を起こしているのだ。発作とは無縁《むえん》だった理緒は、どうやって対処したらいいのかわからないいんだろう。

葉奈もまだ、ときどき発作は起きる。でも葉奈は、一年以上こんなことをやっているのだからもう慣れたもので、最近では、「これは発作だから無視しよう」と気にしないこともできる。それでもやはり苦しいのだけれど。だから、理緒の気持ちがわからないはずなんてなかった。

「そっか。……これ、山本さんが書いたの？」

竹本は理緒のスケッチブックをパラパラめくって手を止めた。

「あ、恥ずかしいから読まないで！」

葉奈はあわててスケッチブックの文字を隠そうとしたけど、竹本はすばやくよけた。竹本の方が三十センチも背が高いのだから、それは簡単だった。

「いいじゃん。大丈夫だよ」

しばらくの沈黙があった。

「いいこと言うじゃん。山本さん」

竹本は言った。理科室の一件以来、竹本は葉奈を気にしてくれていた。でも、葉奈が書いたあいつというのが誰のことかはわからないようだった。

「とにかく、桜井さんは大丈夫だから、授業に行きなさい」

竹本が葉奈に視線を落とす。そのとき、葉奈の手首に巻いてある水色のミサンガに気がついたようだった。

「それ……」

竹本が急に声を落としたので、葉奈は不思議に思った。竹本はおもむろに葉奈の手をつかみ、ミサンガをつまんで丁寧《ていねい》に眺めた。「ＫＯＨＡＮＡ」の白い刺繍がある、水色のミサンガ。

「どうしたんですか？　先生」

「いや……」

竹本は手を離した。

「学校にはつけてきちゃいけないよ。ポケットに大事にしまっておきなさい」

「はぁい」

葉奈は返事をし、左手のミサンガをくるくるとはずすと、制服のスカートのポケットにしまいこんで、教室へ向かって走った。

◇◇◇

それからさらに一週間後、二月も半ばの掃除の時間。

「二年一組桜井理緒さん、職員室まで来てください」

理緒と葉奈が女子トイレの掃除をしていると、生徒指導の男の先生の声で放送が入った。

「嫌だな、今朝、校門のところで止められて、マスカラがバレて注意されたんだよね」

マスカラだけでわざわざ呼び出されるだろうか。メイクをしているのは理緒だけではない。

「私も、一緒に行こうか？」

葉奈がそう言うと、理緒はこくりとうなずいた。


葉奈と理緒が職員室へ行くと、三年生の女子が三人いた。制服を着崩している派手な格好《かっこう》の三人組で、校内でも目立っているので、葉奈も知っていた。

「ほら、ちゃんと謝れ！」

生徒指導の先生が声を荒らげる。

「ごめんなさい。あたしたちが、靴箱に手紙を入れました」

一人の女子がそっぽを向いたまま言った。

「桜井さん、服装とか派手だから、二年のくせにって面白くなくて。ちょっとビビらせてやろうと思っただけなんだけど……」

理緒は驚いていた。

「怖い思いをしただろう、桜井。でもな、お前もこれに懲《こ》りて少し大人しくすることだな」

生徒指導の先生が言う。

「山本、お前はなんだ。つきそいか？」

葉奈はびっくりして、あわてて、

「つきそいです！」

と答えた。

「本当はつきそいはいらないが、まあ、今回は特別だ」

先輩たちは最後までふてくされた顔をしていたけれど、理緒は犯人がわかってホッとしたようだった。

職員室を出て、二人はしばらく無言で歩いた。

「ハナ」

理緒が下を向いたままポツリと言う。

「トイレ行こう」

「えっ」

理緒は葉奈の手を引っ張って、トイレの引き戸をガラガラと開けると、張りつめていた糸が切れたかのように床にべたっと座り込んだ。

「リオ？」

「……よかった。よかったよ、ハナ」

まるでため息のように言葉を吐《は》き出す。

「あたし、犯人はクラスの誰かに違いないって思ってて……。誰のことも信じられなくなってた」

「リオ……」

ぽろぽろと涙をこぼす理緒の背中を優しくさする。

「だってあたし、みんなにひどいことした。恨まれて当然のこと、いっぱいしてたもん」

理緒はこらえきれずしゃくりあげる。

「……ハナ、ずっと寄り添ってくれてありがとう。ひどいこと言ってごめん。また、小学校のころみたいに仲良くできないかな」

「もちろん、これからもずっと友達だよ。だって、約束したじゃない。私はリオとまた仲良くなれるって信じてたよ」

不安そうにこちらを見ている理緒に、葉奈は笑顔でそう答えながら、理緒の隣のあまりきれいじゃない床に腰を下ろす。

「ハナ、ありがとう……」

理緒は、泣きながら笑っていた。

◇◇◇

三月になり、あっというまに短縮授業の一週間に入った。明日で二年生も終わる。

修了式の前日は、学級会で一年の反省をし、それを学級委員がまとめて翌日全校の前で発表することになっている。

「四月に立てた学級目標の反省ってことでいいわね？　進めて、学級委員」

椅子に座ったまま佐伯が言った。

今年の学級目標は、「みんなで協力して明るく楽しいクラスにする」だった。そんなこと、葉奈はすっかり忘れていたけれど。

「じゃあ、この目標が守れたと思う人、手を挙げてください」

学級委員の真琴が言った。教室はしんと静まり返り、誰も手を挙げない。

「じゃあ、守れなかったと思う人、手を挙げてください」

バラバラと、十人くらいが手を挙げた。葉奈も挙げた。男子の学級委員の高瀬が数を数えて黒板に書いた。十一人だった。

「他の人は？　わからない人？」

真琴が聞くと、他の人が全員手を挙げた。高瀬も自分で挙げて、自分で数えていた。

「理由を聞きなさい。楽しいクラスだと思わなかった理由。楽しくなかったっていう人に」

佐伯がイライラして言った。

「担任の先生が悪かったからです」

城ヶ崎がぼそっと言って、何人かが爆笑した。

「静かにして！」

真琴が大きな声で叫ぶ。

「じゃあ、『目標を守れなかったと思う』に手を挙げた人、一人ずつ意見を言って」

「……ケンカが多かったから」

「行事のとき、まとまりが悪かった」

「遅刻が多かった」

「掃除をサボる人がいた」

口々にみんなが言い、高瀬が順に黒板に書いていく。発言していない人は、他の人とおしゃべりをしたり、笑ったり、ふざけたりして、ざわざわとうるさくなった。

「ハナちゃんは？」

真琴に聞かれる。

急に名前を呼ばれ、心臓が大きく騒ぎ出し、葉奈はあわてて席を立った。少し考えてから、勇気を出して答えた。

「……妙なあだ名をつけられたり……変な悪口を言われたり、意味もなく避けられたり……」

声が震える。頭の中に自分の声が響く。まるで他人の声を聞いているみたいに変な感じ。

ざわざわ声がピタッとやんで、クラス中の目が葉奈を見た。

指先がガタガタ動く。寒いわけでもないのに身体の震えが止まらない。

「パシリにされたり、机を運んでもらえなかったり、フォークダンスを一緒に踊ってもらえなかったり……そんなことばっかりで、楽しかったはず………ないです」

しーんと静まり返っていた。葉奈は、椅子に座ってからも、まだ自分が小刻《こきざ》みに震えているのがわかった。

高瀬が黒板に向かう。どうまとめようか迷っているらしかった。

《妙なことが多かった》

高瀬がスルスルと黒板に書く。

「違うでしょ！」

そのとき、誰かが叫んだ。みんながいっせいにそっちを向く。それは、理緒だった。

「いじめがあったってことでしょ。ハナが言いたいのは」

理緒がいつになく落ち着いた、強い口調で言った。高瀬はあわてて黒板消しで消して、書き直す。葉奈はまだ震えていた。でも、うれしかった。

「リオにそんなこと言う資格ないんじゃない？　自分だってやってたくせに」

和泉がひとり言みたいにつぶやく。でも、全員に聞こえていた。

「イズミちゃんだって、陰で言ってたじゃん」

奈々子が発言した。

「イズミみたいに陰口言う方がひどいよね！　みんなばれてるし。ハナのこと汚いものみたいに扱ってさ」

理緒がそう言うと、すかさず和泉が反撃《はんげき》する。

「マラソン大会のときのことはどうなのよ！　堂々と仲間はずれにする方がひどくない？」

「あたしだけじゃないじゃん。みんなやってたじゃん」

理緒が美穂子の方を向いてそう言うと、あわてて美穂子が口をはさんだ。

「ミホはリオに合わせてただけ。だってリオって強引だしー」

「ていうかさー、男子の方がひどかったんじゃないの？」

奈々子が言った。

「俺は、その……みんながやってたから、つい。おもしろくて」

城ヶ崎がボソボソと言う。

「俺も、ハナならいじめてもいいっていうか、そういう軽い気持ちだった。みんなそう思ってたんじゃねーの？」

一樹も参戦する。

「っていうか、誰だよ、最初に便所のハナコって言ったヤツ！」

クラス中の視線が一人に注がれた。哲平だった。哲平は下を向いていた。

「……俺も……最初は、こんなことになるなんて思わなかったんだ」

哲平は小さな声で自分に言い聞かせるように言った。

「テツ！　お前が最初に言い出したんだから責任取れよ！」

城ヶ崎が、哲平に向かって言う。

「隣の席になったときに机離してたし！」

「ハナコ菌って言い出したのもテツだよな！」

みんなが口々に責め出し、哲平は泣きそうな顔になってますますうつむいた。

「違うよ、違う！　最初に言い出した人がすべて悪いわけじゃない！」

葉奈はバンッと机を叩くと、勢いよく立ち上がった。声を上げずにはいられなかった。

「みんな気づいてないかもしれないけど、か……彼は、三学期の間、一度も私をいじめたりなんかしなかった。私の声をちゃんと聞いて、自分の意志でやめてくれたんだ。原因とか、誰が最初に言ったとか、そんなの関係ないんだよ！」

そこまで一息に言うと、葉奈は深呼吸をして気持ちを落ち着かせた。発作とは違う動悸《どうき》。でも、今、伝えなければいけない。

「みんな、真剣に考えてくれてありがとう。この一年、私ずっと辛かった。教室に入るのが怖くて、トイレに逃げてばかりいた。でもね、私、少しずつだけどクラスの雰囲気が変わってきてるなって感じているの。きっとみんながそれぞれ変わろうとしているからだと思う。私も、今までの自分をリセットして新しい自分になろうと思う。そして三年生は、来年はもっといいクラスになるように……これからも、よろしくお願いします」

葉奈は、ガクガクと震えながらも、一気にそこまで言った。みんなに伝えたかった想いを、やっと口にすることができた、そんな気持ちだった。

パチパチパチパチ……。

そのとき、突然拍手《はくしゅ》が起こった。振り向くと、一番後ろの席で野呂明彦が手を叩いていた。口元には優しい笑みが浮かんでいる。

「野呂君……」

すると、他のクラスメイトたちも、次々と手を叩き始めた。やがてそれは教室中に広がり、葉奈は大きな拍手につつまれた。

「ハナちゃん、ハナちゃんはすごいよ。あたしも変わらなきゃ」

後ろの席から、美望が小さくつぶやいた。

横目で見ると、哲平が泣きそうな顔になりながらも、誰よりも大きく手を叩いていているのが目に入った。

学級会が終わると、野呂は颯爽《さっそう》と教室を出ていった。葉奈はあわてて追いかける。

「あの、野呂君！　ありがとう……」

野呂が足を止め、振り返る。

「……かっこよかったよ。ハナ」

そう言う野呂は、さっきと同じように微笑んでいた。

「あの、今日だけじゃなくて、いつもありがとう。席替えの日も、英語の授業のときも、運動会のときも、いつも野呂君に救われた。ずっと言いたかったんだけど、いつも言えなくて……」

葉奈の心がほわっと温かくなった。

「いいって。当たり前のことしただけだし。だって、俺たち友達だろ？」

野呂は照れたように笑って、赤く染めた髪をなでた。

◇◇◇

修了式の日、葉奈は日直に当たっていた。

放課後の教室で、学級日誌をパラパラとめくってみた。葉奈のクラスの一年間が綴《つづ》られている。

九月二十日
調理実習でお菓子を作って、楽しかったです。　荒川美穂子

六月十一日
プール掃除がおもしろかったです。　桜井理緒

五月二十五日
体育でバレーをして、赤西の班に勝った!!　城ヶ崎克広

大きな字や小さな字、上手な字、下手な字、みんなの書いた個性豊かな文字を一文字ずつ拾って読んだ。「これが私のクラスなんだなぁ」って。愛着がわいた。

その中の一ページは、日直のコメントのスペースが小さな文字でびっしりと埋《う》め尽くされていた。

「誰だろう?」と思って見ると、記入者の欄《らん》には「黒岩哲平」とあった。ドキリと胸が高鳴る。

十一月十日
　運動会のリレーで転んだ。僕のせいでクラスは負けてしまった。くやしかったし、みんなに言われた言葉に少し傷ついた。

　僕は、スポーツは基本的に好きだ。走ることも好きだ。

だけど、運動会やマラソン大会は嫌い。なぜなら、競《きそ》うからだ。僕は遅い。

でもいつか、きちんと運動会を好きになりたい。

黒岩哲平

「ふーん……」

　あいつにも、苦手なことなんてあったんだ。

　葉奈の中で、いろいろな思いが駆け巡る。葉奈は哲平のことがかつて好きだったけれど、今は憎《にく》んでもいた。決して許してはいない。だけど。

　欠点なんてひとつもないと思っていた。あいつは完ぺきだと思っていた。だってあいつは葉奈を笑った。だから葉奈は、ダメなのは自分だと思っていたんだ。

（でも、あいつ、哲平にもこんなに人間らしい部分があったんだ。あいつも、何かができないと苦しむんだ……。すごく不思議な話。とっても変な話。でも……）

哲平の欠点を知ったとき、葉奈の心の中は楽になった。それはバカにしているとかそういう意味じゃない。応援しようということでもない。哲平も、自分と同じ。何かに悩んだり、苦しんだりする人間なんだ。

それがわかったとき、「もう許してあげてもいいんじゃないかな」と葉奈は思った。

三月二十五日
今までずっと嫌いだった人を、許してもいいんじゃないかと思えた。
あいつもがんばってるって知ったから。
今までのことは、もう忘れることにします。
いつか、ちゃんとその人の友達になりたい。
山本葉奈

第四章　新しい関係

小華さま

明日から私、三年生になるよ。一クラスだけだから、メンバーはまた一緒。でも、今年はなんだか今までと違った一年になるような気がするの。どきどきするけど、わくわくもしてる。

三年生になったら、やってみたいことがあるんだ。

それは、クラスの学級委員になること。

私はいつも人に言われた通りに動いていただけだったから、今度は自分が中心になって、クラスのために何かをしたい。

クラスのためとか、偉そうなこと言っちゃったけど、本当はただやってみたいだけ。

みんながちゃんと認めてくれるのか、不安でいっぱいだけど、どきどきして楽しい気持ちもたくさん含まれてる。

葉奈

DEAR　葉奈

学級委員⁉　葉奈が？

そっか、それはびっくりやけど、葉奈ならきっとできる。応援してるよ。

FROM　小華

春休みの最後の日、葉奈は美容院で髪を切った。おかっぱだった葉奈の髪が、シャギーの入った明るいショートヘアになった。

そして、三年生の始業式の朝。公園では桜の花が散り始めている。

「オハヨー！　ハナ！」

葉奈が学校に着くと、迎えてくれたのは理緒だった。

「ハナ、髪切ったんだね」

理緒が明るく笑った。

（リオもリセットしたのかもしれない）

クラスメイトは去年と同じだけれど、教室の場所と、座席が替わった。

それから担任の先生も変わった。佐伯ヤス子は定年より二年早く退職をして、竹本孝一が新しく担任になった。

始業式でそれが校長先生から発表されたとき、三年生のクラスは手を叩いて喜んだ。葉奈もうれしかった。

理緒がくるっと葉奈の方に顔を向けて、ピースして見せた。


ついにそのときが来た。

一時間目のホームルームで、竹本が言う。

「じゃあ、まずこの時間は一学期の係を決めます。やりたいところに名前を書いて。一人ひとつね」

黒板の右端には竹本の字で、「〈学級委員〉男女各一名」と書かれている。そこから順に、国語係、英語係、体育係……など係の名前がたくさん。

「ハナ、何やるの？」

後ろの席から、理緒が身を乗り出して聞いてきた。

「んーと……、実はね、学級委員をやってみようと思ってるの」

葉奈はちょっと照れくさそうに答えた。

「うそ⁉　すごーい」

理緒は手を叩き、大げさに驚いた。

みんなが次々と黒板に名前を書いていく。挙手ではなく黒板に書かせるのは、誰でも立候補しやすいようにという竹本方式。

葉奈は理緒と一緒に黒板の前へおずおずと出ていったけれど、そこで立ちすくんでしまった。〈学級委員〉のところには、すでにふたつ名前が書いてあった。

黒岩　坂井

葉奈の心をよぎる小さな不安。

やっぱり哲平と一緒なのはまずいのではないか。去年も学級委員をやっている真琴が立候補しているのなら、任せた方がいいのではないか。

「どうしたの？　書かないの？　リオが書いてあげようか？」

理緒の声に、はっと我に返る。

「あ、うん……」

理緒はにっこり笑って、真琴の名前の下に「山本」とつけ加えた。

「じゃあ、男子の学級委員は黒岩君で決定」

竹本は赤いチョークで大きく丸を書いた。

「女子は……、坂井さんと山本さんか……」

竹本は「ふーむ」と一度考えてから、

「じゃんけんでいいかな?」

と言った。

「えっ、じゃんけんで決めるんですか?」

誰かが言った。

「うん。坂井さんも山本さんもどっちもしっかりやってくれそうないい子だもんね。山本さんは初めてだからがんばってもらいたいし、だからといって坂井さんが何回もやっちゃダメなわけじゃないし」

竹本の言葉を聞いて、葉奈は胸を高鳴らせた。

「じゃ、二人とも前に出てきて」

おずおずと教壇の前に出ていく。

こうなったら運を天に任せて、勝っても負けても誰も恨まない。

「じゃんけんぽん!」

葉奈はグー。真琴はチョキ。

「勝った!」

葉奈は思わず子供みたいに声を上げた。竹本は笑って、

「女子は山本さんね」

と言って、赤いチョークで大きな丸を書いた。

「よろしく」

葉奈が勇気を出してそう言うと、哲平は少しとまどっているみたいだったが、

「おう」

と手を挙げた。

黒岩哲平と山本葉奈がそろって学級委員をやる。これまでにはない新しい関係が始まろうとしていた。

「じゃあ係も決まったことだし、次はクラスの目標を決めましょう」

全員の係が決まったあと、竹本が言った。

「司会は、黒岩君と山本さんに任せるからね」

どきりとした。学級委員としての初仕事。そして、哲平の隣に立つことになる。

哲平が先に席を立ち、前へ出ていく。

葉奈は、高鳴る鼓動《こどう》を抑《おさ》えるようにして、哲平の後に続いた。

哲平が教壇の前に立つ。

「ただいま司会を仰《おお》せつかりました、黒岩哲平です！」

仰々《ぎょうぎょう》しい言い回しに、たちまち笑いが起こった。哲平は、人を笑わせるのが上手だ。

「クラスの目標はなにがいいと思いますか？」

哲平は、隣に立つ葉奈を気にすることなく、進行を始めた。

「明るいクラスにするとかは？」

誰かが言った。

「それ、去年と同じじゃん」

哲平が答える。

葉奈は、哲平の隣で所在なげにしていた。

「山本さんは、黒板に書いてね」

竹本が葉奈に小声で声をかける。

「あ、はい、先生！」

葉奈は、

《明るいクラスにする》

と黒板に書いた。

「はい、はーい！　運動会で優勝するとかは？」

城ヶ崎が言った。

「そういう、一回限りみたいなのはなし！」

哲平がさくさくと仕切っていく。哲平は司会がうまい。そして時折《ときおり》、みんなを笑わせながら、キラキラした笑顔を振りまく。

「もっと目立つのにしようぜ。例えば、『日本一のクラスにする』とか！」

哲平が言った。

「おぉ！　いいね！」

どこからか歓声が起こった。

葉奈は、《日本一のクラスにする》と黒板に書いた。

「ちょっと待って、『日本一のクラスにする』だと、ちょっと抽象《ちゅうしょう》的すぎるかな。例えば、『日本一○○なクラスにする』とかにしてみよう」

竹本が口を出す。

「じゃあ、『日本一仲がいいクラスにする』」

「いまひとつだな、『日本一面白いクラスにする』」

次々と意見が上がり、葉奈はそれを黒板に書いていった。

「なんかちょっと、どれもピンとくるものがないよね……」

女子の一人が言った。哲平は少し考えて、

「あ、そうだ！」

と明るい声を上げて、黒板の方に向き直ると葉奈の手からチョークを手に取った。

《日本一ノリのいいクラスにする》

「いいかも！」

クラスの中から、再び歓声と拍手が巻き起こった。

「僕もそれがいいと思う！　これだ！」

竹本が言った。哲平はうれしそうに、人なつこい笑顔を見せた。

葉奈はそんな哲平を見つめていた。そうだ。これが葉奈が昔好きだった哲平の姿だ。哲平はやっぱりすごい。

なんだかなつかしいようなくすぐったいような、不思議な気持ちがわいてくるのを感じた。

◇◇◇

「山本さん、生活ノート出さなかったでしょ？　今からでいいから持っておいで」

竹本にそう言われたのは、その日のお昼休みだった。

生活ノート……。そんなものがあったこと自体、葉奈は忘れていた。佐伯に冷たくあしらわれて以来、葉奈は出したことがなかった。でも、竹本は持ってこいと言う。

葉奈は、配られたばかりの真っ白なノートを開いた。今日の日付を書く。しばらく書いていなかったので、何を書いたらよいかわからない。でも、何か書かなきゃいけない。

四月八日（月）
今日から三年生です。竹本先生のクラスでうれしい。
学級委員になったので、がんばりたいです。

これだけじゃ怒られるかな？　と一瞬思ったけれど、それ以上思いつかなかったから、そのまま出すことにした。

「ハナ、それ出しに行くなら、一緒に行くよ」

職員室まで付き合ってくれるという理緒と一緒に、日差しが差し込む明るい廊下を歩く。なんて新鮮な普通の中学校生活だろう。葉奈は飛び跳ねて喜びたかった。

竹本は怒るどころか、放課後には赤ペンでどっさり返事の書かれたノートが返ってきた。

《僕のクラスでうれしいと言ってくれてありがとう。僕も君たちの担任になることができてうれしいです。新しい学年はどうですか？　初めての学級委員の仕事は大変かもしれませんが、一緒に良いクラスを作りましょう》

葉奈はすごくうれしくなった。竹本先生はすごい。

次の日も葉奈は、生活ノートのことを忘れてはいなかったのだが、何を書いたらいいかわからなくて書けなかった。発作でぐたっとなって寝てしまったのだ。

リセットしてからうまくいくことも増えたけれど、自分の心と体がバラバラになるように感じることもあって、上手にバランスがとれない日もあった。そんな日は決まって発作が起こる。

でも竹本は葉奈を待ってくれているのだから、今日中には出さなくちゃと思った。本当は朝出すものなのだけれど。

四月九日（火）

生活ノートを出すときに、リオが一緒に職員室へ来てくれた。

今日も短い。けれど、このくらいしか書くことが思い浮かばない。理緒がまた一緒に行ってくれるというので、そうしてもらった。

「お、来たな」

竹本が笑って言った。

それから、竹本は理緒に視線を向けた。

「山本さんと桜井さんって仲良しだね。毎日一緒にいるね」

うれしかった。「仲良し」って言ってもらえた！

「ねー、ハナ。スカートもっと短くしたらいいんじゃない？」

職員室からの帰り、理緒が言った。

「そう？　でも怒られるんじゃない？」

「ちょっとくらいなら大丈夫だよ！　背が伸びたって言えばいいし。絶対その方がかわいいから！　やってあげる」

理緒はかわいらしく笑った。その顔に、もう悪意は感じられない。

理緒の柔《やわ》らかい手が身体に触れると、ドキドキした。

「はい！　ほら、かわいい」

スカートの下から葉奈の膝が見える。ちょっと不思議な気分。でも、楽しい。

「わぁ！　ありがとう」

思わず顔から笑みがこぼれた。

◇◇◇

葉奈の生活はすっかり様変わりし、いじめられっ子だったことを忘れる日もあるくらいだった。ただ、どういうわけか発作は時折起こって、葉奈を不安にさせた。突然わけもなく自分が嫌われていると考えてしまい、怖くなるのだ。

音楽の授業は相変わらず憂鬱だった。二年生の秋から、いまだにまったく歌が歌えない。

みんなと歌うことは好きだったし、歌いたいと思っていた。でも、あの日のことをどうしても思い出してしまう。もしかしたら私は聴くに耐えないほどの音痴なんじゃないだろうか。みんな我慢してるか、陰で笑っているのかもしれない。そう思うと、苦しくてどうしても歌えない。歌えないことが悲しかった。でも、どんなにがんばっても、葉奈の喉から音楽は出てこなかった。

「……ハナちゃん？　ハナちゃん歌ってる？」

「ごめん。がんばるね」

真琴に心配そうに尋ねられ、葉奈は弱々しく笑った。

声を出そうとすると、苦しくて、息が詰《つ》まりそうになって、金魚のように口をパクパク動かすだけだ。

みんなの歌声を聴いていると、半年前のあの日のことが思い起こされる。ひどい言葉や、そのときの情景がパッと頭に浮かび、次から次へといろんなことが頭の中で回り始める。すると葉奈はくらくらして、気を失いそうになる。自分の思う通りに身体が動いてくれなかった。

（歌えない。歌えないの。どうして？）

リセットしたはずなのに、なぜか歌が歌えない。

そのうち発作も起こる。

葉奈のそばには今は仲のよいクラスメイトがいて、もう葉奈の悪口を言ったりなんてしない。去年とは違うんだって、わかっているはずなのに。

「歌えなかったら歌わんでもええやん」

小華は笑ってそう言ったけれど、葉奈はクラスメイトと一緒に歌いたかった。

◇◇◇

それからしばらく経った五月のある日。小さな小さな事件が起こった。普通の人にはなんでもない。だけど、葉奈にとっては特別な事件。

四時間目が終わったばかりで、給食当番の葉奈は牛乳を配っているところだった。箱ごと両手で抱えて、パックをひとつずつみんなの机の上に置いていく。

「山本さん」

後ろからいきなり声がしたのでビックリして振り向いた。

(や……山本さん?)

クラスメイトからそんなふうに呼ばれるのは初めてだった。さらに驚いたことに、立っていたのは哲平だったのだ。

「牛乳、一個くれる？」

普通の人が普通に話しかけるように、哲平が言った。

「あ……はい」

牛乳を手渡すと、「ありがとう」と言っていなくなった。

葉奈は呆然とした。あまりに普通すぎる会話だった。クラスメイトであれば何でもないことだろう。でも、哲平が葉奈に話しかけてくるのは、卓球のとき以来四ヶ月ぶりだった。こんなにフレンドリーなのは一年半ぶりだ。

頭がくらくらして、気持ちがふわふわと宙に浮いているような感覚だった。そのうち歓喜の念が葉奈の身体いっぱいにわき上がってきた。

こんなに普通の会話が、こんなにうれしかったことは、今までに一度もない。これもリセットのおかげだとしたら、やり直して本当によかった。

五月十日（金）
今までずっと避けられていて話せなかった人が、今日突然話しかけてきました。
なんでもない普通の会話だったけれど、うれしくてうれしくて跳び上がりそうなくらい。

葉奈がこんなことを生活ノートに書くと、竹本は、「よかったね。そういうことがあるから人生は素晴らしいんです」という返事をくれた。

「人生なんて大げさだな」と思ったけれど、一緒に喜んでくれる人がいるのは幸せだった。


次の日の体育の時間のこと。その日の授業はバレーボールで、葉奈はくじ引きで理緒と同じチームになった。理緒はバレーボールが上手で、ビュンビュンとアタックを決めていた。

葉奈はというと、動きが遅いのでボールが受けられなかったり、受けても変な方向に飛ばしたり（一度はバスケットボールのゴールに入った）、サーブもヘロヘロと力なくボールが飛ぶだけで、ネットまで届かなかった。でも、葉奈はそれなりに楽しんでいた。生まれて初めてバレーボールをやる人みたいに。

そのとき、葉奈の足元にボールがころころと転がってきた。別のコートからやってきたものだった。拾い上げて、ボールが転がってきた方向を見ると、哲平がこっちに向かって走ってくるのが見えた。

葉奈はちょっとうれしくなって、ぽんとボールを投げた。哲平はしっかりそれをキャッチすると、「ありがとう」と笑った。また、心がふわっと浮き上がるような感覚になった。

しばらく見ていると、哲平は自分のコートに戻って、同じチームの真琴となにやら話していた。何を話しているのかはわからなかったけれど、葉奈は胸がキュンとなるのを感じた。なんでそうなるのか、と考える前に、別のあることに気づいた。ちょうどそのとき、こっちを向いた真琴の表情が見えたのだ。キラキラした笑顔で哲平を見ている。それは葉奈に向ける笑顔とは少し違った。哲平も優しそうな表情をしていた。

(ひょっとしたら、この二人はこれから先……)

何の根拠もなかったけれど、ふとそう思った。

「危ない！」

理緒の声に我に返ったときには遅かった。ガン！　と相手コートから飛んできたボールが葉奈の額《ひたい》にぶつかった。

「もう、ぼーっとしてるから！　何考えてたの？」

理緒はあきれている。

「いろいろ」

葉奈は笑った。そして、直前まで考えていたことは忘れた。

哲平とは、それから少しだけなら話ができるようになった。一番話すのは、週に一度の学級会のとき。学級委員として、みんなの前に出て進行役をするのだ。哲平が司会で、葉奈は黒板に書く係。もちろん授業中なので、雑談をしたり、笑い合ったりしているわけではないけれど。

それ以外で話すシチュエーションは、体育の時間にバレーボールが転がってきたときか、葉奈はひそかに、哲平がボールを葉奈の方に転がしてくれることを祈っていた。他は給食の片づけをするときとか、掃除のときなど。どれも本当にささいなことだけど、そのささいなことが、どれほどうれしかったことか。

一度、バレーボールをやっていて、たまたま葉奈の手に当たったボールがうまくネットを飛び越えて相手コートに落ち、得点を決めたことがある。そのとき、理緒が「ナイスアタック！」と言ってパチンと手を鳴らした。葉奈はなにせ一度も得点を決めたことがなかったから、舞い上がるようにうれしくなった。

哲平と話したときはいつも、このときと同じ感覚だった。それに、発作を起こしているときは、哲平と話すとなぜか落ち着いた。

小華さま
　ひさしぶりのメールになっちゃったね。

小華さんのリセットが効《き》いて、私の生活はぐんと変わっちゃいました。

毎日生き生きして、ちょっとしたことでもすごく感動するの！あれは何だったの？　魔法⁇

最近一番仲良しなのは、リオ。職員室に行くのも、トイレに行くのも、いつも一緒。

それからもちろん、他の女子たちともたくさん仲良しになった。ナナやミホとも。ミホなんてもうすごい普通の友達。あの子単純だから、みんながいじめなくなればもういいみたい。私でも。

それから男子とも少しずつだけど普通に話せるようになったよ。

一人ずつ、一人ずつ、普通の友達が増えればいいなって思う。

私は普通じゃない状況を知っているから、普通がどれだけありがたいかわかる。

だって、リセットして友達ゼロから始めたんだもんね。

一番話したいのは、あいつなんだけど。

「ハナコ」に代わる私の新しい呼び名は、「山本さん」。

なんだかよそいきの名前みたいでちょっと新鮮。

なんか変なメールになっちゃったね。

小華さん、また会おう！　話したいこと、いっぱいあるんだ。

葉奈

◇◇◇

六月になって、制服が真っ白な夏服になった。

だんだん暑くなってきた、よく晴れたある午後。

「今日の体育はプール掃除だって！」

誰かの明るい声が、三年生の教室に響いた。

「えー！」

「やだー！」

「わぁー！」

いろんな声がわき起こった。

葉奈はなんとなく心を弾ませた。夏の雰囲気を肌で感じられるようで、うれしかった。

水が抜かれたプールは、端のホースからきれいな水がさらさらと流れて、浅い川のようになっていた。半袖の体育着と短パン姿で、靴と靴下を脱いでプールの底に素足《すあし》で下りると、ひんやりと冷たくて気持ちがよかった。みんなはきゃっきゃと子供みたいにはしゃいでいる。先っぽに緑色のタワシのついたデッキブラシでプールの底をこすると、シュッシュッと気分のいい音がした。

「プールかぁ。もうそんな季節になったんだね」

葉奈は理緒の近くに行って話しかけた。

「ねー」

ちょうど理緒が相槌《あいづち》を打ったとき、葉奈の後ろでパシャッと水しぶきが上がって、冷たい水玉が葉奈の髪に降りかかった。

葉奈と理緒が同時に振り返ると、そこには野呂の笑顔がキラキラ輝いていた。その手にはホースが握られていて、同じようにキラキラ光る水があふれていた。葉奈の心がぱぁっと明るくなった。

「ノロ‼」

理緒が明るく透き通った声で叫んだ。

理緒は浅い川の上をピシャピシャと進んで、野呂の手からホースを奪い取ると、バシャッと野呂の頭に水をかけた。野呂はずぶぬれになった。

「あー！　やったな、お前！」

「先にやったのそっちじゃん」

「俺は軽くかけただけじゃんか。リオさんかけすぎ!!」

野呂も理緒も陽の光を浴びて笑っていた。葉奈も笑顔になった。

いつものメンバーが戻った。こうやって少しずつ、少しずつ元に戻っていけたらいいなって、思った。

プール掃除が終わった六時間目の教室は、夏らしい空気であふれていた。開け放した窓からそよそよと風が入ってきて、葉奈のぬれた髪を揺らす。

斜め前の席で、哲平が制服のシャツの袖を肩までまくり上げて、下敷きをうちわがわりにパタパタ動かしている。女の子みたいな柔らかい髪が、風に乗ってふわっと宙に舞う。

その様子をじっと見ていると、葉奈の中になんともいえないうれしさがこみ上げてくる。

幸福、そうだ……、この感じを幸福って言うんだ、と葉奈は思った。

◇◇◇

「なぁ、葉奈？　それは、あたしが思うところのな……」

初夏の夜の公園で、葉奈と小華は話していた。

小華はいつもと同じ紫色のブラウス。

「何？」

「あんたはそのテツってヤツが好きなんやろ？」

小華の突然の発言に、葉奈はとまどった。心臓がドキドキする。

「へ？」

「だって他にないやろ」

小華はすました顔で言って、「にっ」と笑って見せた。

「そんなことないよ。だってそんなのって変だよ」

葉奈は顔を赤くして言った。

「変って？　なんでやねん」

「だってさ……、あいつは私をいじめたんだ。いくらリセットしたっていったって、私は今も心の底ではあいつを怖がっているし、恨んでもいるんだよ。病気にもなって、いまだに発作も起こるし……。私をこんなにしたのはあいつなんだ……」

「でも、それだけやないんやろ？　今の話を聞いたら誰でもそう思うで。葉奈自身はどう思ってるんや」

「……わからない。でも、嫌なはずなのに、あいつと話すと心がふわって浮き上がるみたいにうれしくなって、舞い上がっちゃうんだ。変だよね」

小華はまたにやりと笑って、

「変やないよ」

と言った。

「変やない。リセットしてゼロからやり直したんや。その上で、葉奈がまたテツを好きになったっておかしいことあらへん」

小華はうれしそうに言った。

小華の話は、納得はできないけれど、なんとなく理解はできた。

「好き……か」

葉奈のつぶやいた言葉は、夜の闇の中へ消えていった。自分の口から飛び出したその言葉が、なんだか不思議な響きを持っているように感じた。

小華の言う通りだとすると、葉奈が哲平を好きになるのは二回目ということになる。それまではそんな可能性考えてもみなかったけれど、小華に言われると、案外素直に受け入れることができた。

しかし同時に、一方では、哲平を怖がったり恨んだりする気持ちも消えたわけじゃない。でも、それでいいのかもしれないと思えた。

「ねえ小華さん、小華さんも、リセットしたことあるの？」

葉奈が尋ねると、小華はさみしそうな笑みを浮かべ、うつむいて答えた。

「……いや、あたしはない。ないというか、できんかった」

「できなかった？」

「いいことも悪いことも一回全部チャラにするってことは、そんなに簡単にできることやない。持ってるものが多すぎれば捨てられないし、恨みが強すぎればやり直せない。死んだつもりで生き直せたらいいと思った。何回もリセットしようとしたけど、できんかったんや」

小華は泣きそうな顔で微笑んだ。小刻みに、震えたようにも見えた。

「こんな方法じゃリセットはできへんって、だいぶあとになってから気づいたけど、もう遅かった。葉奈は特別やけん、見せたげる」

小華は、左手首の黒いリストバンドをはずし、葉奈の前に左手をグーにして突き出した。

葉奈は思わず両手で目を覆《おお》った。

小華の手首にあったのは、ミミズ腫《ば》れになった無数の傷跡だった。

◇◇◇

休み時間、葉奈と理緒は女子トイレのあんまりきれいじゃない床に座っておしゃべりをしていた。

葉奈のあだ名はもう「便所のハナコ」ではなかったし、葉奈はもうそこに逃げ隠れする必要もなかったのだけれど、それでも女子同士でおしゃべりするには最適な場所だった。相変わらずトイレが落ち着くのだから変なものだ。

「ハナってさ、メイクとかする？」

「ううん、しないよ」

「じゃあ今度教えてあげるよ」

「うん」

二人の会話はそんなに意味のあるものじゃなかったけれど、ただ二人で一緒にいるのが楽しかった。理緒が一番仲良しの友達というのも変な話だけれど、なんだか昔に戻ったような居心地のよさがある。

理緒は、秘密の話でもするように笑ってささやいた。

「ねぇ、ハナは誰か、好きな人いる？」

ドキッとした。

「え？　リオは？」

「いるよ」

理緒はぜひ聞いてほしかったというようにうれしそうに笑い、口元を手で覆う。理緒の表情でそれがわかったので、葉奈も理緒に合わせてうれしそうな顔で、

「誰？　だぁれ？」

と聞いてみた。理緒がフフッと笑う。

「竹兄」

意表《いひょう》をつかれて、一瞬とまどった。

「竹本先生？」

「そう」

理緒はかわいらしく笑ってうなずいた。

「え？　え……？　だって……竹本先生ってもう三十三歳だし、結婚してるし、二人の子供のパパだよね？」

葉奈は素《す》で驚いた。

理緒はまったく気にもとめないで、むしろ得意げに言う。

「うん。それでもいいの。優しくってかっこよくて大好き！　……ハナは？」

「私はね、いるけど……教えない」

（私の好きな人は黒岩哲平。たとえみんなに変だって言われても、私の好きな人はあいつです――）

葉奈は心の中で宣言した。誰にも聞こえない声で。

そう決めると、すごく心が軽くなって、すがすがしい気分になった。好きな音楽を聴いているときとか、スポーツをやったあとみたいに。

◇◇◇

次の日の音楽の時間。音楽室でいつものように合唱の練習をしていたとき。葉奈の喉につかえていた塊がすっと融《と》けて、眠っていた歌声が目を覚ました。葉奈の心の中に、喜びと感動があふれ出した。

開け放した音楽室の窓から入ってくる風が、葉奈の髪を揺らして心地よかった。喉の奥が震えるのがわかった。

「ハナちゃん……！　ちゃんと歌えたじゃない！」

真琴が歓喜の声を上げて、葉奈の手を取った。熱い何かが葉奈の心に落ちていった。

〝人はただ　風の中を　迷いながら　歩き続ける

その胸に　はるか空で　呼びかける　遠い日の歌〟

その日から、葉奈と哲平は、普通のクラスメイトみたいによく話すようになった。最初のうち、声をかけるのはいつも葉奈からだったが、話しかければ哲平はいつでも笑顔で答えてくれた。

「次の授業は体育館だよ」「ありがとう」とか、「給食の片づけを手伝ってほしい」「わかった」とか。

美術で哲平が描いた風景画が、とても素敵に見えた。

「ねぇ、きれいな絵だね」

葉奈は思いきってほめてみた。

「俺？」

哲平ははじめ、不思議そうな顔をした。

「そう」

葉奈がうなずくと、たちまち人なつこそうな笑顔になった。

「これね、朝日が昇《のぼ》るところで、雲が下に見えるでしょ？　すごく高い山に登らないと見えない景色なんだぜ」

葉奈はうれしくてうれしくて仕方がなかった。

（私たち、普通のクラスメイトに見えるよね？　ちょっと前までいじめっ子といじめられっ子だったなんて、誰も思わないよね？）

ただひとつ、葉奈には気がかりなことがあった。それは、哲平のことを名前で呼べなくなってしまったこと。

以前はみんなと同じように「テツ」と呼んでいた。しかし、どういうわけか、今は気恥ずかしくて「テツ」と呼べない。呼ぶときは「ねぇ」とか「あのさ」とかになってしまう。それ以外では「あいつ」と言う。普通のクラスメイトだったら、こんなのはおかしい。

いろいろ考えて、葉奈は哲平のことを「黒岩君」と呼ぶことにした。哲平が葉奈のことを「山本さん」と呼ぶように。

しかし、そうは決めたものの、なかなか「黒岩君」と言い出せなかった。

やっとそのチャンスが来たのは、七月に入った雨上がりの放課後だった。

葉奈が学校のそばの公園を通りかかったとき、時計台の下に哲平が立っているのが見えた。他には誰もいない。絶好のチャンスだ。

「誰か待ってるの？」

葉奈は笑顔で話しかけた。

「おう。後輩待ってるんだよ。遊びに行く約束してて」

いつもの人なつこい笑顔だった。今だったら、言えるかもしれない。

「……黒岩君は……、よかったでしょ？　期末テスト」

初めて呼んだその名前は、なんだか新しい響きを持っていて、いたずらでもしかけるように葉奈の心をわくわくさせた。

「いやー。でも、ちょっと下がったよ。マジで」

そんな葉奈の気持ちに気づくはずもなく、哲平は答えた。

葉奈の顔がほころぶ。

（普通のクラスメイトでいられればよかったんだ。普通のクラスメイトであることが、何よりも幸せだったんだ）

ただ名前を呼んだだけだったけど、また一歩、哲平との距離が縮まったような、葉奈にとってはそんな大きな意味を持っていた。

◇◇◇

哲平が好き。それがたとえ、一方的な気持ちだって構わない。

ずっとそばにいたい。振り向いてくれなくても。

でも、心の奥ではちゃんと知っていたのかもしれない。ずっとは続かないって。いつかは終わりが来るって。そんな小さな恋心でさえ、神様に打ち砕かれてしまうことはあるのだ。

それはとても不思議な感じだった。うまくは説明できないけれど、葉奈にはそのときがはっきりとわかった。確証《かくしょう》はなにもなかったけれど、葉奈の心は強く反応したのだ。

窓の外ではセミが鳴き始めた。間近に迫った夏休みに、クラス内もそわそわと落ち着きがない。

いつもと同じように、その日も一日が過ぎていった。帰りがけの哲平に、

「明日は学級会の準備があるよー」

と言うと、

「そうだったっけ？」

と言われた。こんなささいな会話でも、哲平と話すと心が弾んだ。葉奈はそれだけで幸せだった。

その少しあとのこと。

「ねぇ、どうしよう。帰っちゃったよね？」

真琴がめずらしく不安そうな声で、クラスの女子にすがりついていた。

「んー、でもまだそこらあたりにいると思うから、追いかければ？」

彼女が真琴の肩をポンと叩く。

「マコちゃんなら平気だって」

なんとなくその話題が気になった。

「なに？　私にも教えて、マコちゃん」

葉奈は仲間に入りたくて、声をかけた。

「ごめんね。ハナちゃんには教えられないの」

ザッと、葉奈の中に言葉では言い表せない何かが入ってくる。それはとても大きなもので、勢いよく入ってきた。

（大切な人が一度に二人いなくなってしまう）

そんな感じの何かだった。

この場面でそういうふうに思うのは正直言って不思議な話で、葉奈自身もどうして自分がそう感じるのかわからない。でも、確実にそう思ったんだ。

怖かった。すごく、怖かった。

「なんで？　教えてよー」

葉奈はわざと子供っぽく真琴にくっついた。

「ごめんね。ダメなの」

「どうして？」

「ダメったらダメなの！　ごめん、もう帰って。ハナちゃん」

真琴に突き放すように強く言われ、葉奈はズキッと胸が痛むのを感じた。こんな真琴は初めて見た。

「ごめん、マコちゃん」

家に帰るときには、ぞくぞくと発作に襲われていた。久しぶりの発作だった。

葉奈は真琴に電話をかけた。

「ごめん、マコちゃんごめんね。しつこくして」

「ううん。私こそ強く言いすぎちゃってごめんね」

いつもの真琴の明るい声が返ってきたので、葉奈はほっとした。

「マコちゃん、私ね……、マコちゃんの好きな人があいつなんじゃないかって思って、それで急に不安になっちゃったんだ」

「……」

「ごめんね、変なふうに思っちゃって」

葉奈は明るく笑って言った。自分はわかっていて真琴を試している。でも、確かめずにはいられなかった。真琴の反応を待った。

「……うーん、どうかなー……」

真琴は否定も肯定もせず、冗談っぽく笑う。

自分の考えすぎだと信じたかった。

◇◇◇

それから数日が過ぎたある日の放課後。

葉奈が学校のそばの公園を通ると、時計台のところに哲平が立っていた。以前にも似たようなシチュエーションがあったなぁと思い出す。

「今度は誰を待ってるの？」

あの日と同じように、葉奈は聞いてみた。あの日と同じような答えが返ってくると思っていた。ところが、哲平はただうれしそうに笑うだけ。何も言ってくれない。

（……変なの）

葉奈はそのまま通りすぎて、公園の出口のところでふと振り返った。学校の方から女の子が一人やってきて、哲平のもとへ駆けていき、二人は並んで歩き始めた。坂井真琴だった。

葉奈は一瞬で理解した。まず、自分の勘《かん》の鋭さにぞっとした。それから、とても複雑な思いにかられた。

二人に気づかれないよう、葉奈はそっと公園をあとにした。


次の日葉奈は、真琴を捕まえて、わざと子供っぽく話しかけた。

「どうして言ってくれなかったの、マコちゃん？　友達なのに水くさいじゃん？」

「どうしてって……だってハナちゃん……」

真琴はうろたえた。

「私があいつを好きだったのは、一年生のときまでだよ」

葉奈は嘘をついた。心は今にも泣きそうだったけれど、真琴を失いたくなくて必死だった。

「それよりね、マコちゃんと一緒に帰れないのがさびしい。公園までならいいでしょ？

一緒に帰ろう」

葉奈は真琴の腕にすがりついて甘えた。

「私は他の誰よりもマコちゃんが好きなんだから」

真琴はそれを聞くとたちまち笑顔になって、「いいよ」と言った。

その日の放課後、葉奈は真琴と並んで帰り道を歩いた。

「ハナちゃんの勘にはびっくりだよ。ピッタリ当たってるんだもん、ドキドキしちゃった」

告白したのは真琴の方で、やっぱりあの日だったという。

公園に着くと、時計台の横に哲平がいるのが見えた。

「じゃあね、バイバイ」

真琴は笑顔で哲平の方へ向かって走っていった。

「バイバーイ！　マコちゃん！」

葉奈は大きく手を振った。

そのうち二人は並んで歩き出す。葉奈は、二人の背中に向かって、いつまでもいつまでも手を振っていた。笑顔で。

自分が子供っぽくてよかったな、と思った。

それから、少しだけ泣いた。


穏やかな日が何日か過ぎ、夏休みが二日後に迫った。三年生の三分の一が終わろうとしている。

ホームルームの時間に、一学期の感想を書くように言われた。

葉奈はこんな作文を書いた。

一学期の反省

山本葉奈

一学期、一番ドキドキして、一番うれしかったことがあります。

それは、学級委員になったことです。

始業式の日のホームルームの時間のあと、私は一人でドキドキしていました。

まず、ひとつはクラスのみんなのために大きな仕事ができるぞという気持ち。

もうひとつは、もう一人の学級委員があいつだという不安。

そのふたつが交じり合って、ドキドキしていました。

あいつのことは、今では嫌いではありません。でも、どうしても話しにくい感じがしました。

たくさん話せるようになったのだけれど、どうしても話すときに意気込んでしまうのです。

理由は簡単、去年いじめられたから。今はされていないけれど、あのことは忘れたわけではありません。

しかし、実際に一緒に学級委員をやってみると、なんでもありませんでした。

普通に話ができます。普通にいいヤツです。

私にはその「普通」が、とてもうれしかったです。

勇気を出して学級委員をやってみてよかった。もう一人があいつでよかった。

これが、一学期に一番ドキドキして、一番うれしかったことです。

◇◇◇

「本当に、これでよかったって思ってるよ。やっと自分の気持ちに決着をつけられた気がするの。それに、一緒に学級委員をやって、また前みたいに話せるようになったことが、何よりうれしい」

蒸し暑い風が吹く夜の公園で、葉奈と小華は話していた。

「そうかぁ。そうなら、いいんやけどね」

小華がそう言って、二人はしばらく黙った。

葉奈は時計台の隣を見つめていた。数時間前にそこで待ち合わせをしていた、葉奈の大切な人たちのことを考えながら。

「葉奈……」

小華が突然口を開いた。

「死にたいって、思ったこと、ある?」

「へ？」

その突拍子《とっぴょうし》もない質問に葉奈は驚いた。

「いじめられてるとき」

小華はぽつりとつぶやく。

葉奈は去年のことを思い返し、言葉を選びながらゆっくりと答えた。

「……死んじゃうかもしれないって思ったことは、あるよ。でも……、自分から死にたいって思ったことはない」

それを聞いた小華が、真剣な眼差《まなざ》しで問う。

「好きな人間にごみくずみたいに扱われて、なんで生きていたいって思えるん？」

葉奈はまた少し考えて、答える。

「うーん……人生ってね、けっこう嘘つきだって思うのよ」

「嘘つき……？」

ほんの少し、小華は笑ったみたいだった。

「漫画とかドラマとかって、いじめられっ子が主人公だったりするでしょ。いじめられっ子とヒーローは紙一重《かみひとえ》なんだって思う。好きと嫌いも同じ。そのふたつにはっきりした違いがあるわけじゃないんだって、私は思ってる。世の中もそう。汚いって言えば汚いし、きれいって言えばきれい。正しいものや、絶対なことなんて何もないんだと思う」

「なるほど。葉奈もそうなん？」

「私も嘘つき。本当は知ってるの。何も変わってないって」

「……？」

「いじめられているころと、今と、何も違わない。直接悪口を言われなくなっても、陰で言っている人はいっぱいいる。ミモだってまだ言われてるし。でも、私自身は去年とは変わったって思ってる。そう思うからそう見えるだけ」

夜の闇に包まれて、葉奈は隣にいる若い女性に自分の心の内を話した。

「でもね、それでもいいんだと思う。どうせ最初から嘘つきなら、今、幸せだって騙《だま》されようと思う。世の中はきれいだって騙されてやる」

セミの大合唱が、夜の公園内に響いている。

「小華さん、私思うの。トイレの花子さんってさ、きっと学校の中の汚いもの、嘘つきなもの、全部背負いこんでくれる守り神なんだよ。『きれいだよ』って嘘ついてる間にできたいろいろなものを」

「守り神……？」

「私はそう思って生きてきた。自分はきっと、そういう役回りなんだって。周りの人の汚い部分、嘘つきな部分をいじめとして受けたんだって。そういう人間も世の中には必要なんだって思ってる。みんなが世の中はきれい、人生は美しいって思っていられるように」

夏の夜風が葉奈のほほをなでる。

葉奈は一人で話し続けてしまったことが急に照れくさくなった。あわててつけ加える。

「もちろんそれは、自分がいじめられちゃった言い訳だけど。これも嘘かもしれないけど。でもこれが、辛いときも私が生きていられた言い訳」

それを聞いた小華は微笑んで、遠くの方を眺めながら、こんなことをつぶやいた。

「その言い訳、あたしが生きていられなかった言い訳にもなるかな……」

そしてそのまま、どこかへ消えてしまった。

◇◇◇

「黒岩君、だったんだね。山本さんの『あいつ』は」

放課後の理科実験準備室に、竹本は葉奈を呼んだ。一学期の終業式が終わったあとだった。

夏休みに入る前に、葉奈に確かめたいことがあったのだという。なかなか切り出せず、最後の日になってしまったとお詫《わ》びをされた。

竹本は電気ケトルでお湯を沸《わ》かして、インスタントコーヒーを入れてくれた。

「山本さん、二年の最後のころにさ、水色のミサンガしてたでしょ。あれって、今もあるかな？」

「ありますよ」

葉奈は制服のポケットから、古ぼけた水色のミサンガを取り出した。竹本はそれをまじまじと見つめる。

「これをくれた女の人はね、私に辛い毎日から立ち直る勇気と機会をくれたんです。とっても素敵な人」

葉奈は笑顔で説明を添えた。

「その女の人って、沢村小華さんっていう人じゃない？」

「そう！　先生、小華さんを知ってるんですか？」

葉奈は驚いて声を上げた。

「ミサンガをもらったのっていつごろの話？」

竹本は葉奈の質問には答えず、身を乗り出して聞いた。

「二年の秋くらい」

「最後にその人に会ったのは？」

「昨日だけど……？」

竹本は深いため息をついた。

「山本さん、キミが嘘をついているわけじゃないってことは、わかる。山本さんにそんな嘘がつけるわけないし。でも、そんなことがあるのかどうか、僕にはわからない」

竹本は重々しい顔つきになった。

「その話が本当なら、キミが会っていたのは沢村小華さんの幽霊だ」

竹本の話は、だいたいこんな感じだった。

十年前、竹本はこの学校で初めて教壇に立った。そのときに受け持ったのは、一年生のクラスだった。

沢村小華は、竹本の生徒の一人だった。大阪から転入してきた彼女は、なかなかクラスになじめないでいた。そのうち誰が言い出したのか、「便所のハナコ」というあだ名で呼ばれるようになったという。クラスメイトから無視されたり、悪口を言われたりする日が一年くらい続いた。

「初めて山本さんを見たとき、小華ちゃんに似てるなってちょっと思ったんだ。明るくて、素直で、優しくて、だけど少しさびしそうで」

学年が上がると、いじめは次第に収まった。けれども、小華の影のある雰囲気はそのまま消えないものになったらしい。

「そのミサンガは、卒業記念にクラスの女子が何人かで集まって、クラス全員分の名前入りで作ったものなんだ」

竹本は水色のミサンガを見つめながら続ける。

「卒業式の日、小華ちゃんは笑っていたんだ。だから、まさかあんなことになるなんて思ってもみなかった。小華ちゃんは、いじめが収まってからもずっと一人で苦しんでたんだって気づいてあげられなかった。いじめがなくなれば、いじめた側の人間やそばで見ていた人間は、やがて忘れてしまう。終わったものだと思う。でも、いじめられた人間の心の中では終わったりしない。ずっと続いていく。そのとき、僕にはそれがわからなかったんだ」

竹本は涙を流した。

「小華ちゃんは十八歳で自殺したんだ。学校のそばの公園の女子トイレで。中学を卒業してから、三年もあとのことだよ。今から四年前の、ちょうどこのくらいの季節だった」

「嘘でしょ、先生？　そんなの信じられないよ」

竹本はこぶしを膝の上に強く置き、涙を拭《ぬぐ》うこともせず震えている。葉奈の目からも大粒《おおつぶ》の涙があふれた。

「嘘だ！　そんなの絶対嘘だ！　小華さんが自殺したわけないじゃない。だって、もう何回も会ってるんだから。つい昨日も話したんだから。信じられるはずがないじゃない」

次の日、葉奈は竹本と、小華の家に行くことになった。葉奈にとっては初めて見る小華の家だ。公園からわりと近いアパートの一室だった。

玄関のチャイムを鳴らすと、中年の女性が出てきた。

「まぁ、竹本先生！　何年ぶりかしら……」

形のよい眉と大きな丸い目の彼女を見て、すぐに小華の母だとわかった。

「そちらの方は？」

小華の母は、葉奈を見て不思議そうな顔をした。

「私のクラスの教え子なんです」

小華の母に案内されて家に上がると、まず目に飛び込んできたのは小さな仏壇《ぶつだん》だった。火のついた線香《せんこう》が供《そな》えられ、若い女性の写真が飾られている。黒い長い髪をした目の大きな美人で、葉奈がつい二日前に会った沢村小華だった。

それから、部屋には古いパソコンが一台、ほこりをかぶっていた。

「私には使い方がわからへんのですけどねぇ。あの子が大事にしていたものだから、捨てられなくてそのままになってるんですよ」

　小華の母が、お茶を淹《い》れながら言った。

「あの子、黒いリストバンドをいつもしてました。その下には、自分で切った傷がいっぱい。中学一年から六年間、ずっと苦しんでたんやね。でも、高校では楽しくやっているように見えたから、どうして自殺なんかしたのかわからへんのです。いじめられんくなってから何年も経ってたし、当時は死なきゃならない理由なんてなかったんです」

　小華の母は涙ぐんだ。

　葉奈には、「何年も経ってから」の意味がわかるような気がした。小華にとって、それは長い時間なんかじゃなかった。小華の心の中では、まだ終わっていなかったのだ。葉奈も同じだからよくわかる。今でもちょっとしたきっかけで発作はすぐ起こる。

　いじめられた人間は、外側と内側の両方から恐怖にさらされていく。外側が収まったように見えても、内側からの攻撃はやまない。何年も何年も、たった一人で内側からの攻撃に耐えなければならない。

　本当は、外側からの攻撃なんてたいして怖くない。多くの人間は、自分の内側から来るものに負けるんだ。それは、時として死の恐怖なんだ。

　それは葉奈が〈病気〉と呼ぶもので、トラウマとか記憶と言ってもいい。

リセットは、そんな自分の内側と闘うための、小華なりの方法だったのかもしれない。

帰り道、葉奈たちは、学校のそばの公園の中を通った。木々の隙間から夏の日差しがこぼれ、セミの鳴き声が降りしきっていた。

（小華さんは、きっとこの世の汚いものや嘘つきなものをすべて抱えこんで死んでいったんだ。あとに残された人々が、この世を美しいと信じていられるように。小華さんは、私が同じ道を進まないように、私の前に現れてくれたんだ）

——もう会えない。

ふと、そんな確信めいた予感が頭に浮かんだ。

小華といつも話していたベンチを振り返ると、紫色のブラウスが揺れたような気がした。

◇◇◇

三年後。十七歳、高校三年の山本葉奈は、教室で同じクラスの佐倉美望と、川島有里《かわしまゆり》とおしゃべりをしていた。美望は唯一中学から一緒の友人だ。

葉奈は隣の市にある女子高に進学した。他のクラスメイトはそれぞれ別の高校に行って、ほとんど会っていなかった。理緒や真琴とはときどき連絡をとっているけれど。

「もうすぐ卒業だねー。早いね。ついこの間、中学を卒業した気がするのに」

美望が笑って言った。

窓の外には桜のつぼみが膨《ふく》らみ始めている。教室に入ってくる風に、葉奈はあのころより二十センチ伸びた長い髪を揺らめかせた。

「ミモとハナって同じ中学だったんだよね？」

有里は高校に入ってから仲良くなった友人で、葉奈と美望とずっと同じクラスだった。ちょっと天然なところのある優しい女の子だ。

「そうだよ。あのころはいろいろあったよね、ハナちゃん」

美望がそう言って、葉奈もうなずく。

「いろいろって？」

有里が首をかしげる。

「んー、高校入ったらあんまり平和でびっくりしちゃった。中学のときはいじめとかひどかったし。あたしもハナちゃんも、ね」

美望は明るい口調で言った。

「えー⁉　そうなの⁉　二人がいじめられてたなんて信じられない‼」

有里が本気で驚いている。

「そう。大変だったな」

美望はなつかしい思い出話をするように言ったけれど、葉奈はズキリときた。

美望は、自分がいじめられていることに気づいていないんじゃないかと思ってた。でも、そんなことなかった。いや、あるはずなかったんだ。

「ごめん、ミモ。なんか、あのとき……」

葉奈は言いながら、指先がカタカタ動くのを感じた。

「えっ⁉ なんでハナちゃんが謝るの⁉」

美望はまた笑った。

「ハナちゃん、中二のさ、学年末の学級会のことって覚えてる?」

「え、覚えてない」

「あのとき、クラスのみんなに立ち向かっていくハナちゃんに、あたしは勇気づけられたんだよ。三年生になったらなぜか学級委員になっちゃうし、いろいろびっくり。あたしも変わらなきゃって、思った」

美望は、そんなふうに葉奈のことを見ていたんだ。葉奈は驚いた。

「あたしも、ハナのことって超尊敬してるよ」

当時を知らない有里が、なぜかいきなりそう言った。

「どうしたの、ユリまで⁉」

「だって、何があっても落ち着いてて、トラブルとかも解決しちゃうし。あたしなんてすぐ動揺しちゃうのに」

有里が真顔で言うので、葉奈は照れくさかった。

「んー、昔は異常に神経細かったけど。一度病気になったから免疫《めんえき》ができたのかな」

葉奈の病気は、高校に入って友達になじんだころ、いつのまにか治っていた。

そのあとは、中学のころの子供っぽい葉奈からは考えられないくらい、精神的な落ち着きが出てきた。発作どころか、たいていのことには心を乱されなくなった。中学のときのことが免疫になって、他のどんな辛い大変なことにも動じない強さを身につけたみたいだった。葉奈を信頼してくれる友人も増えた。

でも、いつまた、何かのきっかけで発作が起こるかわからない。リセットの気持ちを忘れた日はない。

小華には、あれから一度も会っていなかった。公園には何度も行ってみたが、会えなかった。メールも送ったが、あれ以来返事は一度も来なかった。

葉奈は久しぶりに小華にメールを書いてみることにした。まだちゃんと送ることができた。

沢村小華さま

元気ですか。今、何をしていますか。
小華さんがいるところは、きっと天国なのでしょうね。
私はこの三月で、小華さんと同い年になります。
四月からは東京の大学へ進学します。
小華さんの知らない世界、生きたことのない年齢を私は生きます。
小華さんが見られなかった世界を、小華さんの分までこの目で見てくるからね。

この世は嘘つきで、本当のことなんてなにもない。
いじめられっ子はヒーローで、好きなのと嫌いなのは同じ。
本当は汚いものを、きれいだって信じた人の勝ち。
正しいものや絶対なことなんて何もない。
ただひとつだけ間違いないのは、今、私がここに生きているということです。
たったそれだけ。
でも、それが一番、重要なんだよね。

あなたは本当は知っていたんでしょう?　小華さん。
だから私のところに来てくれたんだものね。
教えてくれて、ありがとう。
私の命は、小華さんの命です。

山本葉奈

本作品は、二〇一〇年二月、弊社より刊行された単行本『便所のハナコ』を大幅に加筆・修正し、改題のうえ、文庫化したものです。

本作品はフィクションであり、実在の人物・団体などとは一切関係がありません。

文芸社文庫NEO

あそこはハナコの部屋

二〇二二年七月十五日　初版第一刷発行

著　者　東郷結海
発行者　瓜谷綱延
発行所　株式会社　文芸社
〒一六〇-〇〇二二
東京都新宿区新宿一-一〇-一
電話　〇三-五三六九-三〇六〇（代表）
〇三-五三六九-二二九九（販売）

印刷所　株式会社暁印刷

ISBN978-4-286-23160-0　JASRAC 出2203018-201

［文芸社文庫ＮＥＯ　既刊本］

片汐芒
ラジオガール

目覚めたら女の子の体になっていた。自分が誰か、この体が誰のものかわからない。そんな時ラジオから少女の声「ハロー！　わたしラジオガール！」。失くした記憶とこの体の持ち主を探す旅に出る。

田家みゆき
シャルール　～土曜日だけ開くレストラン～

結婚前夜の父娘、亡夫との思い出の一皿を探す老婦人など、様々な人が訪れるフレンチレストラン「シャルール」。極上の料理とワインと共に紡がれる奇跡の物語は、魔法のようにあなたを癒します。

水名月けい
猫目堂　心をつなぐ喫茶店

もう会えないはずの〝あの人〟にもしもまた会えたら…。ある理由からクリスマスが大嫌いな女性、娘の結婚を祝えなかった男性――様々な人とあちらの世界をつなぐ、山奥の不思議な喫茶店の物語。

吉川結衣
放送室はタイムマシンにならない

円佳の通う高校の放送部には「タイムトラベルができる」という伝説がある。過去にこの学校で何があったのか――。高校生として第1回文芸社文庫NEO小説大賞に輝いた若き作家の受賞第一作。